陰界黑幫 10

Mafia of the Dead

Div 著

自序

時序，轉眼到了二〇二一年。

寫作也早就超過二十個年頭，幾乎陪伴了我人生一半的歲月，自認自己是一個不太會聊天的人，就是那種每次與人講電話，講三分鐘就不知道自己該說什麼，就必須找個理由退場的人。（除了老婆，從年輕時候，和老婆就莫名其妙的能夠一直說話。）

每次全家聚餐，我也多是安靜的傾聽，偶爾說幾句話，或是跟著氣氛一起大笑。

但只有一個例外，那就是當我開始說起故事的時候。

所謂的故事，包括曾經看過的影集，喜愛的電影，令自己印象深刻的小說片段等，當然也包括自己所寫的故事，只要我開始描述故事，我會發現自己的嘴巴像是被施了魔法，滔滔不絕地說著，而同時間，兩個原本嘰嘰咕咕的小孩，也在我的故事情節中，頓時安靜下來。

剩下的，是他們興奮的催促聲。「爸爸，然後呢？」「然後主角，死掉了嗎？」「女主角會和男主角在一起嗎？」「這個壞人好壞！」「爸爸，我要看，你和我說是哪本書，我也要看。」

我才發現，當說起故事，自己確實會變得不太一樣。

有時候可能說得不太好，有時候可能說得顛三倒四，有時候可能會忘記主角名字，但遇到精采時刻絕對不會漏掉一絲細節。

這幾年對我來說，是一段有些辛苦的日子，幸好這一路上始終有故事和你們陪著，就算有點辛苦也不會寂寞。

讓我們一起打氣，也替琴和柏打氣，快別打架了，快點統一整個陰界吧。

放心，這不是爆雷，畢竟，我可是有著「預告絕對不準達人」尊號的Div呢。

Div

陰界黑幫 10

Mafia of the Dead

「相傳紫微星系共有一百零八星，又以十四星主掌夜空，其影響國家興亡，個人運勢甚鉅，其為紫微、太陽、太陰、武曲、天同、天機、天府、天相、天梁、破軍、七殺、貪狼、巨門與廉貞是也。」

前言

震撼歌唱界的一場比賽剛剛落幕，冠軍蓉蓉當場昏迷，亞軍小靜在小虎的帶領下穿越陰陽，誓言進入陰界帶回蓉蓉靈魂，卻引爆了兩大力量，陰界殘暴警察系統，與凶惡陰獸貓群的激戰。

貓群踏血而上，穿過一層又一層的警察大樓，最後來到頂樓特警之所，群貓之首小虎獨戰甲級天魁星無道，雙方各顯神威，最終小虎耗盡最後靈氣，化成巨大神貓，貓爪一合，頓時把無道全身骨骼拍成碎片，小虎取得了險勝，本以為一切難關已過，誰知囚禁蓉蓉的拘禁室裡，藏著另外一個比無道更危險的甲級化忌星——霜。

兵凶戰危，在陽世的小風召喚出來自陽世的思念「引路索」，千鈞一髮之際將眾人拉回陽世，蓉蓉因此清醒，可是卻不代表小靜的惡夢已經結束……

同時間，琴連同神偷鬼盜一同進入三大黑幫中最古老也最強大的僧幫，連破八牆，終於來到最後一堵牆，這堵牆名為「人牆」，守牆者竟是僧幫幫主，數百年來陰界公認最強的——地藏。

琴、莫言和橫財，是否能逃過地藏的五指山，順利進入僧幫藏咒室，取出周娘被封印的禁咒？而藏咒室內不斷召喚琴的聲音又是什麼？又有什麼秘密被藏在這百年僧幫最神秘的房間內？

來自政府，巨大且黑暗的力量開始蠢蠢欲動……

山雨欲來風滿樓，黑幫與政府，最慘烈也最關鍵的一場戰役，就要登場。

楔子

政府。

這是一座莊嚴威武，佔地數千坪的建築群。

建築群之中是主殿，建築之外又分十四殿，每一殿都有其殿之主，六王魂各住一殿，並享有其特殊的護衛與部署。

目前七殿已有住人，分別是紫微、天相岳老、天同孟婆、天機吳用、貪狼黑白無常、太陰月柔以及天府太白金星。

剩餘七殿雖為空殿，但仍依著各星之名建造，分別是太陽、武曲、破軍、七殺、巨門、廉貞與天梁，就算百年無人居住，仍舊被保存得非常良好，安靜佇立著，彷彿在等待著十四主星有朝一日在此地重新聚首，共論天下。

如今，其中一座空殿有了新的主人。

這個身材高䠷精悍，外型帶著野性酷帥的男人，肩膀掛著簡便的行李，沒有任何隨從，只有一隻長毛巨狗，踏入了這座空殿大門。

「破軍殿嗎？」男人仰著頭，嘴角是複雜的微笑。

這微笑，帶著冷冽、驕傲、憤怒，還有微弱到幾乎無法察覺的懊悔。

「汪。」旁邊的大狗發出威嚴宏亮的叫聲。

「喔，是誰？」男人回過頭，他眼前走來一個女子。

身穿白色與藍色相間的長袍，女子約莫二十餘歲，氣質高雅端莊，有如一塵不染的芙蓉，踏著輕盈的腳步來到這裡。

「柏。」女子露出溫柔典雅的微笑，「你終於來了，等你好久了呢。」

「是，我來了。」這男子果然是柏，從陽世而來，一路踏過紅樓戰場屍風，經過颱風激戰血雨，親手逆殺巨門星天缺的男子。「這一切，多虧妳了。」

「嗯，是你體質強壯，意志堅定，故能熬過這幾次重傷。」女子慢慢走到柏的面前，她略矮柏一個頭，故她仰起頭看著他，一雙美麗的眼睛隱藏著深刻的情感。「現在身體好嗎？巨門之鎚的傷深入肺腑，損魂傷真元，可別逞強。」

「已好了。」柏點頭，「多謝妳的『解神曲』，它的療效驚人。」

「嗯。」女子雙眼看著柏，微微點頭，仰頭看向這座沉靜宏大的「破軍殿」。「這座破軍殿久未人居，當年建造時用上最好的植物與礦物陰獸作建材，得以萬年不損，如今，終於等到它的主人回來了。」

「是嗎？難怪我覺得似曾相識。」柏往前走了一步，撫著破軍殿粗大的圓石柱，這時，一旁的巨犬也發出一聲輕吠。

「你也是這樣的感覺吧，嘯風犬？」

「汪。」嘯風犬搖了兩次大尾巴，表示贊同。

這時，柏回頭看向那名女子。「不過，解神女，妳離開天機門下，這樣在此地等我，好嗎？」

「這是我的選擇。」解神女微笑，笑容帶著放下一切的堅定。「吳用師父原本就不限制我的去留，他總說，緣分到了自然有解，而我知道……此刻是我的緣分到了。」

「嗯。」柏似乎感覺到了解神女的心意，一時不知道該如何回答，只能輕輕地應了一聲。

「放心，我已決定跟隨你。之後我會找人整理此殿，並幫你物色一些好的僕人奴婢，破軍殿很快就會興盛舒適起來的。」

「解神女，謝謝。」柏看著解神女，解神女是一位罕見的古典美女，優雅修長的身形，恰到好處的裝扮，她正凝視著這座破軍殿。

柏很感激解神女，從颱風之戰歸來後，她便以自己的星格之力「解神星」，施展治癒力強大的「解神曲」，並沒日沒夜地照顧柏，才將柏從魂飛魄散的邊緣搶救回來。

後來柏前去刺殺天缺老人，同樣也受到幾乎足以摧毀魂魄的傷，解神女再次連續七日七夜唱起解神曲，這解神曲是被天機星吳用譽為陰界第一的治癒之術，甚至凌駕息神星周娘的「星穴」，解神曲展現起死回生的神力，將柏再次從死亡邊緣搶救回來。

解神女，這名氣質高雅的女子，其實是柏的恩人。

但，對柏而言，真的就是恩人而已。

面對恩人的這份心意，柏不知道該怎麼回應，他只能沉默地接受。

畢竟，他心中除了要成就天下的霸業外，那僅存的溫柔角落，是留給另外兩位女孩的，一個長髮高眺，任性驕傲，卻讓柏從陽世的第一眼就難以忘懷。

另一個則是在陽世之時，就與柏互相守護，一個安靜卻愛唱歌的女孩。

有了這兩名女孩，柏即使知道解神女對自己的好意，他也只能沉默。

充滿感激卻無法回應其心意的，沉默。

兩人就這樣安靜對視了數秒，此刻解神女沒有說話，柏也同樣安靜，直到，一個從遠處傳來的低沉金屬鳴動，打破了他們兩人之間的沉默。

那是一個從主殿傳來的鳴動。

鳴動節奏先二長，後三短，再二長，再三短，鳴動聲持續了半分鐘後，才逐漸止歇。

「這是什麼？」柏有些詫異，而他更發現，解神女的神情竟然異常緊張。

「這是鼎鳴之聲，出自十大神兵『天相鼎』，這也是岳老的武器。」解神女聲音正在顫抖，「此音若出，六王魂們與其軍隊集結！」

「咦？軍隊？所以要戰鬥！而且是全部的王魂！」

「是！」解神女的身體依然顫抖著，「鼎鳴聲響，代表大戰在即，但自從黑幫大戰之後，這鳴聲就再也沒有響起過了！」

「所以……」柏轉過頭，看向嘯風犬，而嘯風犬也同樣凝視著他。「老戰友，我們又要出動了。」

「汪！」

「六王魂全部出動，對手非同凡響！是驚世大戰的前兆！」解神女低下頭，雙手抱胸，身體顫抖著。「我不喜歡戰爭，我的『解神曲』能治癒受傷的人，但那些傷者的悲傷，也會傳到我心裡，我不喜歡那些悲傷……」

看著解神女纖細的肩膀微微顫抖，柏突然有種想要伸手擁抱她的衝動，但他硬生生忍住了，如果戰鬥是他選的道路，那他的道路必定不該有太多柔情悲憫。

「嘯風犬，我們走。」柏看了一眼解神女，一咬牙，帶著嘯風犬朝主殿奔去。

此刻，鼎聲又再次響起，一聲一聲，悠遠而威武，不斷地往外傳遞。

有如悲壯的戰鼓。

預告著即將到來的戰役。

第一章・九牆之人牆

陰界，僧幫。

僧幫第九牆，竟是垂首入定的僧幫之主「地藏」。

看見地藏在此，莫言與橫財頓時止步不前，絲毫不敢妄動。

相較於神偷鬼盜的戒慎，琴則一派輕鬆。「別擔心啦！」她雙手插在口袋，就這樣直直地走過地藏身旁。

然後她回頭，露出調皮又可愛的笑容。「你們看，不是沒事嗎？」

「當真沒事？」莫言和橫財互望一眼，「難道這地藏只是幻影？是僧幫用來震懾闖入者的機關？」

他們想到這裡，終於深吸一口氣，戰戰兢兢往前邁步。

不過，就在莫言要通過眼前這名盤腿而坐，低頭打盹的老僧之際，忽然，他彷彿感覺到什麼，轉頭看向地藏。

地藏依然閉著眼，打著盹，但他的手指卻隱隱約約地動了。

指尖所指之處，正是莫言腰際後方的腰眼。

這一指，指的正是莫言此刻全身上下最大一處破綻，若地藏伸手突襲，不只會一口氣破除莫言的周身防禦，更會讓莫言身受難以復原的重傷。

一見地藏手指指向，莫言一個緊急翻身，在空中旋了半圈，驚險躲開腰眼處。

不過，莫言雙腳才要落地，眼角餘光卻又見到地藏的手指緩慢移動，換了一個位置。

這一次，是莫言的後腦脊椎處。

這一剎那，莫言感到背脊發涼，因為這裡正是此刻莫言最弱之處，全身道行流轉唯一破綻，若地藏手指射出道行，射中莫言的後腦脊椎，就算不死也廢去半條命。

「喝！」莫言這時展現了平素鍛鍊的強悍能力，在空中硬是扭轉了自己的方向，將後腦的要害轉到另外一側。

但才轉到一半，地藏的手指，又隱隱地移動了，這一次指向莫言大腿外側。

「又是我道行的罩門！」身在空中的莫言，已經扭到無法再扭，他一咬牙，雙手綻放燦爛光芒，兩只收納袋在光芒中現身。

同時間，莫言甩動收納袋藉此產生強烈風壓，讓身體產生上飛之力，改變了落下速度，也躲開了地藏這一指的方向。

這一下看似有趣，但要在這麼短的時間，這麼扭曲的姿勢下打出這一招，實際上已經用上了莫言近九成功力。

不過，莫言的這些變招，看在琴的眼裡，卻只是讓她覺得好笑。

「欸，莫言，你幹嘛跳起舞來？」琴忍不住想笑，「還亮出收納袋當扇子？不，當翅膀，你想飛啊？」

「妳懂什麼？」險境之中，莫言仍不忘回嘴。「妳道行太淺！菜鳥一隻！啥都看不到！」

「看不到……看什麼？」

「地藏手指的位置啊！」莫言一邊說著，卻發現手指這次所指之處，竟是自己的眉心。

這是截至目前為止，莫言露出的最大破綻，他頓時冷汗直流，急忙祭出全身道行，收納袋數目暴增十倍，二十層收納袋層層疊疊護住腦門，以免地藏一指就把自己戳到腦漿迸裂。

「手指？手指哪裡有動啊？」琴歪著頭正要回嘴，卻發現一旁的橫財，也有了古怪的舉動。

橫財雙手祭起「破門而入」的技，雙目圓睜，霸氣外露，似乎在用門阻擋著什麼。

「欸，怎麼連橫財你也……」琴問。

「妳看不到地藏的肩膀嗎？」橫財咬著牙，脖子上滿是汗水。「他不斷變換抬起的角度，隨時可以破我真身，把我打得全身碎裂啊。」

「變換抬起的角度？哪有啊。」

「妳這笨蛋，道行太淺，什麼都看不到！」橫財耗盡全力，說話更是凶狠。

「什麼笨蛋？幹嘛老是我罵我笨蛋！」琴怒了，她大步走到地藏旁邊，低下頭，看著地藏的肩膀與手指。

騙人！明明沒有動啊！

莫言和橫財卻一個繼續在空中跳躍翻滾，一個繼續催動技能，彷彿隨時就要大難臨頭，死無葬身之地。

「你們……」琴歪著頭，長髮灑落肩膀，她看著眼前這兩個位尊甲級星，合稱「神偷鬼盜」道上人人驚懼的人物，竟如此狼狽，終於感到情況不對勁。

這兩位再這樣無止境地跳下去，只怕會活生生地累死。

「喂！你們快停啊！」琴看得有些慌，「再這樣催動道行，會累死的！」

「我也想停，可是……」莫言咬著牙，額頭上盡是汗水。「他的手指，一直指著我的要害，若我一停，立刻喪命啊。」

「你以為我喜歡這樣催動功力？」橫財滿是肥肉的臉，因為費力過度而不斷抖動，變得無比猙獰。「我也知道再催下去會力竭而亡，但是沒辦法，他的肩膀，就是隨時會舉起來啊。」

手指？肩膀？

琴盯著地藏，明明就是一個睡到動也不動的老人，哪來的手指與肩膀威脅？

雖然始終搞不清楚，但琴知道再不做點什麼，這兩個「神偷鬼盜」就會變成「死偷亡盜」了。

於是她用力吸了一口氣，全身電能在四肢百骸間流動，然後匯聚到她的雙掌，透過雷弦，化成一把透著電光的箭。

電箭透出黃色光芒，這是琴的八成實力了，她要用電把這兩個笨傢伙打醒。

「給我醒醒！」琴指尖一鬆，黃色箭體夾帶迴旋電光，射向了正在不斷閃躲的莫言，眼看就要正面擊中他，並強制將他動作停止……

卻見莫言手上的收納袋後來居上，從下而上，竟像是捕蟲網撈蝴蝶般，輕巧地一翻一轉，就把琴的八成功力，黃色電箭收入了袋中。

「好厲害……不不不，現在不是稱讚這傻瓜的時候！」琴氣到幾乎要翻白眼，「這傢伙因為全身繃到最緊，所以自動抵禦所有攻擊嗎？」

「所以這次要更認真一點了。」琴深吸一口氣，再次拉弓，這次她的箭氣勢更強，顏色更已經是黃中透綠。

綠箭，已是琴此刻最強功力。

她知道莫言和橫財這兩個人實力強橫，尤其他們現在像是中邪般拚命釋放功力，等於要對上十成功力的他們。

不能留手，必須全力出擊。

「綠箭！把他們一次打醒吧！」碧綠的箭，捲動著暴風般的電能，這一次，射向了橫財。

綠箭直射而來，但橫財卻恍若無感，直到箭鋒離橫財僅距一公尺時，橫財手上的「門」自動產生了反應。

一門接著一門，層層疊疊地橫在綠箭之前，綠箭轟然射破第一門之後，又是一門！再次穿破後，又出現下一門。

砰砰砰砰砰砰砰砰砰，連貫八門之後，綠箭電能終於耗盡，無聲消散在空中。

「糟了，連十成功力也沒用？」琴看著眼前兩個男人，一個不斷閃躲，一個不斷催動功力。「這叫做走火入魔對吧？為什麼只有他們會發作？我卻沒有？」

「就算我有幸未中招，卻也無法阻止他們，誰叫他們比我厲害。」琴苦笑，她雙手緊握著。「這就是僧幫的第九牆……讓闖入者耗盡全力，終至自我毀滅嗎？」

「我該怎麼辦呢？」

琴仰著頭，看著眼前荒謬滑稽，卻又無可奈何的畫面。許久，她突然做了一件事。

她坐了下來，就坐在沉睡的地藏前面。

「我覺得你超強的，」琴雙手放在下巴，認真地看著眼前正在沉睡的老僧人。「因為我知道莫言與橫財有多厲害，而你，嗯，竟然只是睡覺，就可以把這兩個臭屁的傢伙殺掉，你真的超強，難怪大家說你是陰界第一。」

「你一直在睡，不醒，到底在做什麼呢？」琴歪著頭看著地藏，「是因為你認為無須睜眼就會勝利？還是有什麼原因呢？」

「既然這樣……」琴閉上眼，學地藏也把雙腿盤起來，雙手平托，放在腿部，有如老僧打坐。「不如我也來睡一下？」

當琴的眼睛閉上，一件神奇的事情也跟著發生了。

當琴閉上眼，呼吸節奏調慢，她發現自己像是逐漸沉入溫暖水中，如同還在母親肚中的胎兒，如此安穩，如此平和，只須活著，無須擔憂其他事物。

然後，當琴睜開眼。

地藏，正微笑地看著她。

「啊。」琴想說些什麼，卻發現自己什麼都說不出來，而且，也好像什麼都不用說。

好像，對一個認識許久也欽慕已久的人，無庸多言，說了也是多餘。

因為不說，他也會懂。

終於，琴聽到自己開口了，吐出了自己意料不到的四個字。

「我，回來了。」

地藏臉上的笑容，在這一瞬間放大了。

「是啊，妳這一去，頗久呢。」

「我，」琴低頭，「忘了。」

「是該忘了，不然孟婆的湯就名不符實了。」地藏依然微笑，「現在的妳，挺好。」

「挺好？」

「背負太多，放下一些也好。」

「我不懂。」

「不用懂，懂了，也只是煩惱。」地藏一笑，有如與老朋友閒聊。「對了，倒是別忘了，那房間中有武曲留下的東西，記得帶走。」

「武曲留的？」

「是啊，挺麻煩的東西呢。」

「挺麻煩的東西……」琴想問，一時間卻不知從何問起。

「甜如蜜，芬如酒，美味如詩，濃烈如醇，確實是咒的巔峰之作。」地藏微笑，「也虧她想得出來。」

「呃……」琴愈聽愈是迷糊，地藏究竟在說些什麼呢？不過她隨即想起，她得替她兩個好友求個情，不然他們就要活活累死了。「地藏大師，可否……饒過我兩個好友？」

「妳是說他們？」地藏轉頭，此刻夢境之中，突然出現了莫言與橫財的身影。

一個仍在反覆跳躍試圖躲避地藏指尖，一個全身道行爆發隨時防禦地藏肩膀。

只不過，琴在夢境之中卻多看到一樣東西，那是千之手。

地藏的背後，延伸出千隻密密麻麻的手，正不斷指向莫言的每個罩門，莫言雖然老練靈活，總能在驚險之時避開其中一隻指尖，但指尖豈止一隻，這千根指尖，就算沒有真正施展攻擊，光是脅迫，確實就足以將莫言活活累死。

同樣地，千隻手也延伸到橫財面前，雖然同樣沒有具體碰觸，但千隻手成拳，或左或右，或上或下，封住了橫財周邊所有生路，橫財只能打出絕技自保，只是絕技太耗道行無法持久，橫財遲早會力竭而潰，步上莫言後塵，成為一具累死的屍體。

「所以，您真的有在攻擊他們？」琴一愣，「是我道行太淺，所以沒有看到！？」

「此招名為『千手觀音』，當年武曲可是親手破過。」地藏微笑，「此招實中有虛，虛中有實，變化為千乘以千之數，但心靈純淨者，不受這些虛實影響。此刻我沒有用上真實道行，故每一招都是虛招，妳自然不受影響。」

「原來是我心靈純淨？」琴搔了搔頭，「這句話可別讓莫言聽到了，不然他肯定說我是笨，哼，我就說，太聰明的人就容易活活累死。」

太聰明的人，就是容易活活累死啊！

「但老衲不出實招，卻有另外原因。」地藏說，「算是有求於妳。」

「有求？」琴一愣，「快別這樣說，您有什麼吩咐，儘管說。」

「今晚，鼎聲不絕，必有風暴。」地藏臉上浮現一抹深沉的微笑，「你們既然已來，切莫空手而回。」

「切莫空手而回？」琴驚訝地睜大眼睛，「我們是小偷耶，你叫我們不要空手而回的意思是？」

「就是，請你們，切莫空手而回。」然後下一秒，地藏一揮衣袖。

琴再次睜開眼。

一切又回到了現實。

現實中。

莫言仍在不斷跳躍，但他可以感覺到自己的力氣衰減，手上舞動的收納袋不若過去那樣虎虎生風，他的體力與道行，正在逐漸瀕臨極限。

同樣地，橫財仍在催力，祭起強盛宏大的門，不斷抵抗著那未知的力量，但從他那雙微微顫抖的手來看，他也快要因為耗力而昏厥了。

「地藏說，他施展千手觀音，逼迫莫言和橫財不斷自救。」琴默默想著，「但其實每一招都是虛招，嗯，這地藏也太厲害，光用虛招就足以把這兩個高手逼入絕境。」

「既是虛招，怎麼破？」琴看著眼前兩個男人，心中突然有了想法。

地藏的千手觀音若是虛虛實實，那她的箭是不是也能虛虛實實呢？如果阿豚還在，會怎麼形容電的虛實？

「電未必能分虛實，但是阿豚說過，電有正負，所有的負電流，其實就是負的正電流，而正電流，就是負的負電流，他怎麼形容這來著？」琴撥了撥長髮，「叫做電子電洞是嗎？」

然後，琴拉起了雷弦，而且這一次，雷弦上竟然一口氣放了十支箭。

「十連發！看看誰虛誰實吧。」琴輕笑，笑聲中，十支綠色電光的箭射向了莫言。

「幾支箭都一樣。」莫言苦笑，同時間，十支箭已經來到了莫言面前。

莫言雙手的收納袋再次舞動，準備將琴的這次攻擊，全數收入袋中，但就在此刻……琴卻笑了。

「招式有分虛實，電箭也有分正負喔。」琴笑聲清脆，「一分為二吧，正負雙箭。」

這剎那，莫言面前的箭數陡然倍增，十支正電箭，十支負電箭，在這麼短的距離內暴增十支箭，頓時讓莫言亂了手腳。

但莫言不但沒有憤怒咆哮，反而在嘴角露出隱約的笑容，然後他開始舞動手上的收納袋，宛若兩條透明海豚，翻騰躍動，伴隨他有如舞蹈的動作，結合力與美，著實賞心悅目。

正電的箭，有時一收，卻是空的，負電的箭有時一收，竟是實的。

如此虛實混亂，莫言雖然失了先機，卻也展現其甲級擎羊星的傲人實力，硬是收下了十九箭。

「最後一箭了，傻姑娘，可惜妳終究沒……」莫言右手的袋子一翻一旋，就這樣把第二十支箭捲入了袋中。

但當莫言收下第二十支箭，他的表情卻變了。

因為袋中的箭身，竟非剛剛青翠如玉的綠色。

綠色電光猛烈翻騰中，竟然透出淡淡的，不容懷疑的嶄新顏色！

那是透著大海氣勢，波濤洶湧，隨時要吞噬大地的……藍！

「藍箭！妳到藍箭等級了？」莫言一驚，手上的收納袋儼然承載不住威力，他也來不及再裹上更強大的下一層收納袋了。

噗的一聲，藍箭破袋而出，直射向莫言腦門。

「藍箭？」這一頭，吃驚的可不只是莫言，琴也張大嘴巴。「我怎麼射出藍箭的？」

「好樣的嘿！」莫言笑，看著氣勢洶洶的藍箭就要穿入眉心，這時的他，才真正展現了甲級擎羊星的頂級實力，他嘴巴一吐，一個有如口香糖泡泡般的收納袋，從他的嘴中鼓起。

口香糖頓時包住藍箭箭鋒，藍箭氣勢微微一阻。

這倉促成形的口香糖收納袋，也許不足以阻擋七色電箭中威力已到第三的藍箭，卻能替莫言爭取那百分之一秒的閃躲機會。

他頭一側，藍箭箭鋒驚險擦過他眉心，沒有留下傷痕。

「藍箭都出來了。」莫言躲開藍箭之後，雙手張開，啪啪啪啪啪啪，層層疊疊二十個收納袋出現在他手心。「怎麼能讓它輕易溜走嘿？」

然後雙手合十，硬是抓住了藍色之箭。

藍色之箭，這支由琴無意間玩著正負虛實跑出來的極限之箭，爆裂著如怒海般的藍色，不斷顫動，但就是沒能掙脫莫言二十個收納袋的捆綁。

「用到老子二十個收納袋了，妳這小妮子進步有夠快！」莫言終於抓住藍色之箭，他順勢一帶一扭，就將藍箭轉了九十度，往另一個方向送了過去。

那個方向，就是橫財。

「莫言，你……」琴發現，莫言已經恢復正常了，他不再瘋狂跳躍，只為了躲避那不存在的指尖攻擊了。

「是的，託妳藍箭之福，把我嚇醒嘿。」莫言收納袋一放，藍箭再次衝出，帶著轟隆的怒濤電光，轟向橫財。「現在我得來嚇醒另外一個固執的傢伙了！」

藍色之箭堪堪來到橫財面前，橫財雙目圓睜，感應到氣勢迫人的傢伙，他粗肥雙手一握，「門」又再次出現。

「藍色之箭如果射不死莫言你這個老偷，怎麼可能贏得了我這個肥盜？」橫財語氣中帶著怒意與驕傲，「這麼多年，咱們倆哪一次分出勝負嚕？」

藍色之箭到了，轟然一聲，炸開了橫財第一道門，但橫財的第二道門，已然聳立。

「當然不夠殺死肥盜，但如果……加上我呢！」莫言大笑，身隨箭走，竟然跟在藍箭之後，甩動收納袋，揮向了橫財。

「好！」橫財放聲大笑，「那就來試試嚕！」

這一剎那，在一旁的琴見到了這兩個縱橫陰界多年，卻從不加入黑幫，專門偷竊達官貴人金銀財寶的惡棍，高得驚人的實力！

眼前，莫言手上的收納袋愈來愈多，五個、十個、十五個到二十個……然後右手陡然翻轉，數量一口氣衝上二十三個！

二十三個收納袋圍繞著藍色之箭，有如守護者般引領著藍色之箭到達了橫財的門。

「喝啊！」橫財眼睛大睜，將手上一道又一道的門往前推送，就是要把藍色之箭與收納袋，一口氣轉移到不具傷害力的遠處。

但，沒有。

在守護者收納袋帶領之下，藍色之箭沒有被門轉移，轟然一聲，撞破了第一道門，再轟一聲又破一道門。

每破一門，就有三到四個收納袋如氣球般破裂，飄散在空中。

轟轟轟轟聲連綿不絕，每破一門，藍色之箭就離橫財近上幾分。

轉眼間，門已破了九座，而收納袋也僅剩四個。

「第十門嚕。」橫財臉上是酣戰後暢快的笑，「老友，你已經沒有收納袋嘍。」

話語聲剛落，轟然一聲，第十門破了，收納袋耗盡。

但橫財粗肥大手在空中一抓，又是一個門把出現在他手心，此門為古銅所製，上面盡是戰爭與歲月的傷痕。

「可惜！就在剛剛我領悟了第十一門『古老銅門』！我們就靠這門，在此分出勝負嚕！」橫財大笑。

「你有領悟？難道我沒有？」莫言雙手張開，也一起大笑。「第二十七、二十八、二十九到第三十層收納袋。」

在莫言的笑聲中，又是四層收納袋包裹住藍色之箭，撞向了橫財最後一道厚實古樸的銅門。

銅門猛烈震盪，曾抵禦無數外侮的厚實門扉，出現了一道細微裂痕。

裂痕一出，四個收納袋頓時像是有意識的水流，朝著裂痕猛鑽，不斷往下，裂痕也隨之擴大。

但銅門也絕非省油的燈，不斷以強硬之身軀，劇烈的震動，逼退收納袋。

其中一個收納袋戰術改變，突然變大，包住了銅門，砰的一聲，收納袋炸開，夾著強烈暴風，把銅門的裂縫震得更大，朝著四面八方裂了開來。

只是裂歸裂，銅門卻沒有碎，並在瞬間張開門扉，藉機吞掉了其中一個收納袋，然後門又快速關上。

「厲害。」莫言大笑，「再來，我還有兩個。」

僅存的兩個收納袋分合進擊，第一個突然攤開，剛好蓋滿整座銅門，讓銅門的兩扇門無法打開。

另一個收納袋呢？則朝著剛剛裂縫初始之處，開始不斷扭轉，轉成一個鑽子，不斷地朝下鑽。

收納袋愈轉愈緊，愈轉愈細，化成如鑽子般尖銳無比的單點突破，眼看就要一口氣貫穿古老銅門。

而古老銅門不斷震動，就要把困住它的薄膜收納袋撐開，然後打開大門，一舉把收納袋和藍色之箭吞掉。

就在雙方的力量同時到達頂峰，僵持不下之時……

藍色之箭的威力，儼然成為了勝負的關鍵。

只聽到琴充滿信心的大喊：「給我破門而入吧！藍色之箭！」

藍箭感受到琴的道行催動，如海洋般的藍光大盛，頓時轉客為主，直撞向古老銅門！

「學我的台詞嚕？」橫財手上的銅門突然感覺到強大無比的壓力，終於承受不住，轟然一聲，門破了。

古老銅門，碎成了漫天飛舞的碎塊，藍箭衝入其中，直指向橫財那滿是肥肉的眉心。

「藍色之箭，往上。」琴伸出食指，輕轉一圈，藍箭頓時直轉而上，漂亮地避開橫財的眉心。

而當藍箭轉向的瞬間，橫財一屁股坐在地上，放聲大笑起來。

「哈哈哈，過癮，過癮，解了老子的困境，順便還讓老子與偷兒老友打了一場！不分勝負！真是過癮的不分勝負啊！」

「怎麼樣，兩位，」琴看著莫言與橫財，「現在還介意地藏的手指和肩膀嗎？」

「確實不介意了。」莫言點頭，罕見地露出嘉許的神情。「小姑娘，這次幹得好。」

「過獎過獎，聽地藏說，這招叫做『千手觀音』。」

「聽地藏說？他醒了嗎？」莫言問。

「沒啊，我進去夢裡聽他說的。」

「夢？」橫財冷哼一聲。

「要不是我進去了他的夢，我哪會知道怎麼救你們？還不趕快感謝我。」琴雙手扠腰，「不要忘記，你說過要掏胃給我看！」

「妳……」橫財想反駁，但想起自己才剛被這女孩所救，在虛無之牆時也的確靠琴過關，當時的賭注真的存在，她沒騙人。

「老朋友，你快沒有辦法壓住這女孩了嘿，哈哈哈。」莫言一手勾住橫財的肩膀，放聲大笑。「道行高絕的人，確實可以透過意識影響他人，我相信地藏絕對有這等功力，不過，琴啊，地藏在夢裡還有和妳說什麼嗎？」

「他求了一件我聽不懂也無法理解的事。」

「什麼事？」

「他求我們……」琴滿臉疑惑，「切莫空手而回。」

「咦？」莫言和橫財同時發出疑惑的聲音。

主人求一群小偷，切莫空手而回？這又是一個什麼道理？

「切莫空手而回？這……」莫言眉頭緊皺。

「地藏這老頭高深莫測。」橫財摸著肥肚，「他到底在想什麼？」

「不過，我們既然到這裡了。」琴看著兩人，「進去？還是不進去？」

對，咱們已經來到這裡了。

一個數百年來，幾乎沒有小偷強盜能抵達的密室——僧幫藏咒室。

這個在偷兒界流傳了許久的傳奇，不知道有多少飛天遁地、身懷異能的小偷強盜想潛入此地，偷走其中幾帖符咒，卻始終沒能成功，因為他們就算過得了「難訪」，也衝不破九牆之阻的「難過」。

原因無他，因為難過的最後一堵牆，由地藏親自守護。

如今，莫言與橫財已經來到了九牆之後，藏咒室之前，他們確實已經身處歷代偷兒強盜的巔峰了。

「當然得進去。」在此刻，莫言下定了決心，他邁步往前。「我們還沒有解完所有問題，只剩『難分』，讓你看看老子的手段嘿！」

「哈，沒錯，天不怕地不怕，才是我們神偷鬼盜嚕。」橫財也大步向前，粗壯的身軀散發強大氣勢。

「嗯。」琴小跑步跟上，「走嘍，來看看藏咒室的模樣嘍。」

不過，琴真正想一探究竟的，倒不是什麼百年來最偉大偷兒都無法一窺究竟的藏咒室……而是那風鈴聲。

一路指引著她，在她耳畔輕唱的風鈴聲，到底在說什麼？曾幫藏咒室裡面，到底有著什麼與武曲記憶緊緊牽連的秘密？

那地藏夢中所說，武曲留下的東西，是不是與風鈴聲有關呢？

陰界，政府。

此刻，鼎鳴之聲停止了。

在天相殿外，一尊巨大銅鼎之前，岳老獨自而坐。

他的面前，出現了黑壓壓的人影，人影雖多，卻沒有任何說話的吵鬧聲，反而透露出一股安靜肅殺的氣氛。

人影之中，有一位提著大刀，身材壯碩的狂戰士，他是獨飲。還有跟隨在他身後，戴著無框眼鏡，說話總是一針見血的小聽。

「南軍十萬兵到。」獨飲朗聲喊道，聲音雄壯，傳遍了整個廣場。

大軍另一側，有一名全身纏繞著亞麻白布之人，他的地位與獨飲相同，而他的身後則站著那位老菸槍「天虛」，此時天虛臉上血色未復，似乎在道幫與木狼一戰後尚未復原。

「北軍九萬兵到。」這位全身裹著亞麻布之人，聲音尖細，卻同樣傳遍了整個角落。

另一頭，貪狼星黑白無常帶領的手下千人，包括特警、刑警與巡警，和數十隻身軀碩大如卡車的鐵蝸牛，盤據在廣場的一側。

「警察系統到。」黑白無常同時開口，一尖銳一低沉，傳入廣場的每人耳朵，讓人耳膜刺痛。

除了南軍，北軍與警察這三組上萬兵馬之外，其他的部隊人數雖小，也都有百人之數。其中一部隊的領頭者姿態優雅，裝飾帶著異國風情，美豔中帶著野性的女子，她是女獸皇月柔。

她背後的部隊外型風格與其他組差異極大，他們穿著奔放，有的人上身赤裸，身上布滿刺青，有的則渾身籠罩在黑色斗篷之下，有的是滇緬一帶華麗妖蠱風，有的是西方巫毒風。

無論彼此的造型差異有多大，他們都有一個共通點，每個人的身邊，都有一隻以上的陰獸，而他們就是……

「馴獸師們到。」月柔聲音慵懶中帶著優雅。

陰界中最擅長馴服陰獸的高手聚集地，正是月柔旗下，馴獸師。

不過，和軍警外型格格不入的，可不只馴獸師而已，還有一撥人他們衣著幾乎完全相同，全都穿著西裝與套裝，有如銀行菁英的隊伍。

「財務人員到。」說話的，自然是天府星太白金星，他呵呵地笑著。「讓我們來好好搜刮一翻吧。」

除了軍方、警方、馴獸師和財務人員之外，最後一組隊伍也頗奇特，之所以奇特是因為他們只有兩個成員。

這兩個成員，還是一個人與一隻狗。

「破軍柏，到。」柏手持破軍之矛，俊挺的外表透著冷酷的霸氣，就算只有一人一犬，氣勢竟也不輸其他隊伍。

「嗯。」岳老的眼睛微微睜開，看了一眼柏。

只見柏抬頭挺胸，毫不畏懼地與岳老對視，經歷了壯闊且悲傷的天缺老人之戰，柏內心更堅強，眼神也更加銳利深沉了。

「天機呢？」岳老嘴角揚起一抹不易察覺的冷笑，眼神離開柏，環顧了周圍，聲音低沉。

「來了來了。」眼前一個人匆匆忙忙地跑來，他帽子戴歪，眼鏡斜掛，衣衫不整地奔來。「不好意思不好意思呢，我剛校正《陰獸綱目》校到睡著了，哈哈，你們可知道這一年來增加了多少陰獸？新冠肺炎陰獸、中衛口罩獸、大川普陰獸，這些陰獸剛誕生不久，但卻對世界影響很大。」

此人不用多說，當然就是機關算盡卻毫無作用的男子，天機星吳用。

「嗯。」岳老似乎沒打算對天機星吳用說什麼，又或許早就習慣他的風格。

「我只有一個人，因為我討厭招兵買馬啦，難得有一個比較合拍，又把我一身醫術都學起來的解神女，跑去跟別人了，嗚嗚。」天機吳用說到這，竟然嗚嗚地哭了起來，轉過頭像是突然發現柏一樣。「咦，你在這？就是你！我們家的解神女還好吧？」

「還好。」

「得好好待她，她真的是一個好女孩。」天機星吳用拿衣袖擦了擦眼淚，完全不知道是真的哭，還是假的哭。

「呃，我會的。」柏一時間不知道該怎麼反應。

「那就好，那就好。」吳用說，「你知道她外表看起來雖然很溫順，其實個性很好強，不喜歡拜託人，喜歡自己做，而且很討厭戰爭，有『解神曲』這被譽為天下第一的醫術，也喜歡治療他人，但痛恨看到受傷與痛苦，真的是一個內心非常慈悲的女孩，嗚嗚，你得好好待她啊。」

「是，是……」

不過，天機吳用這番「託付文」，被岳老低沉威嚴的嗓音打斷了。

「天同星孟婆沒來？」

「她沒來啊。」吳用轉頭看向岳老，「她缺席六王魂會議很多次嘍，這次不來也是正常。」

「嗯。」岳老微微沉吟，城府甚深的他什麼都沒說，也許是未將這些事放在心上，卻也可能早在心中下了某個殘忍的決定。「既然如此，我們已然到齊。」

「是。」

「天賜良機，僧幫躲藏了數百年的神秘路徑，如今破例向外人開啟，我們的探子找到了進入僧幫的方法。」

「破解進入僧幫的方法……」柏突然懂了。

為什麼這次重啟了數十年未曾響起的「鼎鳴之聲」，為什麼要連夜召集數萬兵馬，為什麼天相星這次特別坐鎮於此。

因為，對象竟然是僧幫。

這個屹立了百年，由陰界第一高手地藏親手主持的三大黑幫之首——僧幫！

「那麼，」岳老慢慢地起身，身上的道行也化成一股如泰山壓頂般的驚人威壓，朝四面八方洶湧而去，這無形壓力竟讓許多道行較低的陰魂雙腳發軟幾乎摔倒，而馴獸師群中不少陰獸更因此而騷動，忍不住要夾著尾巴遁走。

感受到這股壓力，柏只覺得心跳加速，內心暗暗咋舌。「厲害！這就是陰界危險等級九的實力？僅次於僧幫地藏的力量？我何時能到這種程度？」

「我們出發！」岳老的四個字說完，手一揮，就此轉身。

整個天相殿前，十餘萬人轟然答應。

天相岳老親自主導，陰界數十年來最大一場戰役，就要隆重登場！

第二章・三難之難分

僧幫深處，藏咒室之前。

這裡有一道樓梯，莫言在前，琴居中而橫財殿後，三人順著樓梯往下走著，他們運起了道行，使其密布全身，嚴防樓梯間的機關陷阱。

但事實上，這道樓梯還挺平靜的，沒有任何攻擊，也沒有任何警報，他們三人就這樣往下走了三層樓，然後抵達位在地下的僧幫藏咒室。

通往僧幫藏咒室樓梯的牆面，刻著密密麻麻的人形圖騰和天空中的簡易星圖。

琴看著這些人形圖騰，有種似曾相識的感覺，其中十四個最大的人形圖，分別是紫微、太陽、太陰、武曲、天同、天機、天府、天相、天梁、破軍、七殺、貪狼、巨門與廉貞，琴知道這正是主宰整個陰界的十四主星。

琴一路看下去，發現編號一直到一百零八，最後一個丙等星寫的是「五鬼」。

「所以陰界星格共有一百零八位嗎？」琴自言自語，「這藏咒室為什麼刻著這些古老的星格圖騰？」

「陰界其實留著不少星星們的痕跡，就像是政府裡面其實矗立著十四座主殿。」莫言說，「也許，曾經有一個年代，十四顆主星齊心協力，一同聚首在政府吧。」

「齊心協力嗎？」琴搖頭，「超難想像的，現在大家都因為『易主』而殺得你死我活，唉。」

「陽世在亂，陰界也跟著亂，又或者是相反，當陰界一亂，陽世跟著一場糊塗。」莫言嘆氣，「這天命何時能結束？也說不準啊。」

三人邊說邊聊，轉眼走過樓梯，而藏咒室就在眼前了。

藏咒室的入口約莫三公尺寬，沒有門扉，空氣裡滲著非常舒適的低溫，三個人就這樣走入了藏咒室。

藏咒室裡黑燈瞎火，但卻又不是完全的黑暗，因為到處都閃爍著細微的綠色光點。飄浮的，游動的，正在呼吸的，在低語的，在笑的，在跳舞的……這些亮點移動起來看似無章，卻又隱隱像是在寫字。

一行又一行讓人費解，但又讓人沉迷的美麗文字。

「這就是咒嗎？」琴驚喜看著眼前的這些綠色光點，「好像陽世的螢火蟲，但飛起來卻像是在寫字，好美喔。」

「這些都是咒。」莫言的聲音從黑暗中傳來，「曾有人說，應該也把咒列為一種陰獸，因為它和陰獸一樣都是能量體，也都會受到陰魂的意念影響，不過咒的型態太過特殊，至今仍未被完全解開，所以始終沒有辦法被收入《陰獸綱目》之中。」

「原來是這樣。」琴伸出了手掌，她感覺到掌心有什麼東西輕輕落下，然後又輕盈地跳走。「那僧幫要怎麼使用它們？」

「據說是召喚。」莫言說，「會使用咒的人，透過與它們說話，能夠把正確的咒召喚到手心。」

「召喚……」琴歪著頭，長髮灑落一邊肩膀。「怎麼做？」

「這是僧幫多年以來的秘密，我就無從得知了。」莫言搖頭。

「那我來試試。」琴再次把手心往前，放在這一片飛舞著美麗且細微的螢光之中。「我來想念周娘看看，也許與她相關聯的咒，就會自己飛來也不一定喔。」

「哼。」橫財的聲音從黑暗中傳來，「那麼簡單就好嚕。」

琴不再與橫財說話，她只是閉上眼睛，專心地默想著周娘，她的傲氣，她的面臭心慈，當然還有她那令人難忘的超好吃牛肉麵。

也就在此刻，琴感覺到她的掌心上，有某個東西停留了下來。

暖暖的，靈巧的，在她掌心跳躍著。

「有了！」琴驚喜地睜開眼睛，「就是你嗎？你就是困住周娘的咒嗎？」

而那個咒也同時顯現了它的型態，光影在空中畫出一碗牛肉麵，然後又畫出一張流著口水的嘴巴，一副飢腸轆轆的樣子。

看到這個咒的樣子，琴一呆，忍不住疑惑這真的是困住周娘星穴醫術的咒嗎？不過就在琴疑惑之際旁邊卻傳來橫財該死的大笑。

「哈哈哈哈，笨女孩，這只是一個很想吃牛肉麵的咒。」橫財大笑，「而且仔細看看，妳周圍想吃牛肉麵的咒可不止一個咧。」

琴抬起頭，周圍果然出現了十幾個咒，每個咒都靈巧地跳動著，它們透過光影畫出各種牛肉麵的型態，然後又畫出流口水的嘴巴，就好像是聞到美味香氣的小小狗們，拚命搖著尾巴。

「這、這是怎麼回事？」琴張大眼睛。

「咒是一種能量與意念的結合，它們會與妳的意念產生反應，可能是妳想像中的牛肉麵實在太美味了，哈哈。」橫財笑聲不絕，「所以曾經和『牛肉麵』相關的咒全部被吸引過來了。」

「這、這……」琴突然懂了，「這難道就像是陽世的 Google 搜尋引擎，因為我的『關鍵字』下得不夠清楚，所以才查不到嗎？」

「可以這樣說，」橫財聳肩，「那妳知道該下什麼關鍵字嗎？」

「呃，」琴苦笑，「我再試試看。」

「沒用嚕，妳既不是創造咒的人，也不是被施咒的本人，要從這千萬個咒中找到正確無誤的那一個，根本不可能好嗎？」橫財毫不客氣，繼續潑琴冷水。

「只要認真想，認真想，再認真想……」在這片周圍飛舞著幽幽綠光的黑暗中，琴再次閉上了眼睛，心無旁騖地專注在意念之中，專注在想念的世界之內。

在這片想念的世界裡，琴就像一隻往深海不斷游動的魚，擺動婀娜的身軀，朝著海洋最黑暗的深處，沉潛而下。

在這片冰涼無光的海中，不再只有那碗香噴噴的牛肉麵，不再只是周娘的臉，琴彷彿被什麼東西吸引著，讓她繼續往深處游去。

忽然琴懂了，吸引著她的東西，是一段旋律，或者說，那是一首歌。

一首由風鈴擺盪而成的歌。

正在說一個故事，一個關於任性、驕縱，令人著迷的故事。

一個叫做武曲的故事。

這一刻，琴甚至忘記了周娘，忘記了無所不偷的莫言，忘記了與橫財的賭約，只想順著這片深海中風鈴的旋律，來到「她」曾留下的秘密之地。

這裡，究竟有什麼？

有什麼？

直到，她突然感覺到自己的手心沉甸甸地，多了某個東西。

琴突然醒了，她睜開眼想看清楚手心上到底多了什麼？是一團綠色的光芒，是咒。

有咒被自己召喚來了？

「這是什麼？妳真的召喚出周娘的封印？不，不對嚕。」橫財看著琴手心上的咒，無可控制的全身寒毛豎起。「這咒的能量更純、更加精湛，它不是一般陰魂的咒。」

「不是一般的咒？」

「這種等級！難道妳召喚到十四主星的咒了！」

「十四主星的咒？」琴感到迷惘，看著自己手心上的咒正緩緩收放著，彷彿正在呼吸。

「這是武曲的咒，是，這是寶物啊。」莫言和橫財身為神偷鬼盜，自然對寶物眼光獨到。「這是武曲留下來的寶物！」

武曲的寶物？

武曲會想在這裡留下什麼？

「琴，要知道這是什麼寶物的方法很簡單，就是把咒解開。」莫言說，「解開它嘿。」

「解開咒？咦，怎麼解開？」

「妳怎麼呼喚它來的，就怎麼解開它啊。」

「這……」琴看著眼前這一團溫馴又神秘的咒，她嘴裡輕輕唸著：「嘿，我想你也是被風鈴歌聲召喚來的，既然如此，如果我輕輕唱這首歌，也許你就會解開了。」

就在琴開口吟唱的同時，她發現眼前的咒出現了變化，愈來愈亮，愈來愈燦爛，到後來竟如同一個無聲的煙火散開。

然後，隨著煙火散開，漫天飄起了晶瑩剔透，美麗而令人食指大動的……表面晶亮的紅色肉條。

「是肉！」第一個反應的，卻是橫財。「好樣的，這是武曲當年的肉！」

「什麼意思？」

「好吃到讓人無法忘懷的肉啊！」橫財高高躍起，雙手噗噗噗，抓了滿手的肉，然後開始朝嘴巴塞去。「就是這味道！煙燻了三天三夜，鹹香入味的肉！」

「不是喔。」莫言也抓了幾塊飄浮在空中的肉，放在嘴裡咬了咬。「這是用深海達摩魚醬油配上陽世音樂燉煮到入口即化的特級白肉啊。」

「不不不，這根本就是以古寶物美味地瓜粉裹著，油炸到外脆內嫩，好吃到毀天滅地的炸卜肉啊！」橫財又咬了一口。

「這是香氣濃郁到足以令舌尖顫抖的藍帶培根吧。」莫言又咬了一口，好吃到令他搖頭晃腦，順便補充剛剛因為地藏而消耗的道行。「是藍帶赤飛豬的培根，瘦肉和肥膘分布比例七比一，完美到分毫不差的天作之合啊！」

「又是煙燻肉，又是滷肉，又是炸卜肉，還是藍帶煎培根？」琴看得莫名其妙，也伸手摘了一塊浮在空中的肉，小口地放入了嘴巴。

然後，那塊肉在琴的口中咀嚼之際……琴感受到一股與肉截然不同，但又肯定絕對是專屬肉的一種美味。

「蔬菜……」

「咦？」

「這是蔬菜味道！」琴嘴巴微微張開，滿臉訝異。「為什麼肉裡面會有這麼多蔬菜，是高麗菜的甜、花椰菜的爽脆、青江菜的多汁、白菜的厚實……我的天啊，陰界的肉這麼厲害？」

「不是陰界的肉厲害好嗎？而是武曲的肉很特別。」橫財閉著眼，還在享受著這咒肉之中千奇百怪的滋味。「對！我記憶中她給我吃的肉，就是這種味道！竟然用咒做出肉的模樣，更透過咒把各式各樣的滋味都融入肉裡！裡面至少有一百種肉味道。」

「這些味道，全部都是仿出來的？」琴訝異。

「是的，咒能夠仿製各種味道，而且能夠自由自在地摻入或塗布在物體上，」莫言說，

「所以這些味道都是咒創造出來的，也就是說，這塊肉堪稱是咒與美食的完美結合，不愧是武曲，真的，不愧是她。」

「武曲，肉，肉，武曲……」琴想到這裡，突然發出「啊」的一聲。

「幹嘛？」

「這就是聖・黃金炒飯五大食材之中的……肉！」

「聖・黃金炒飯的肉？」

「沒錯。」琴開心地說，「對！這絕對就是肉！武曲留下來的肉就在這裡！」

想到這裡，琴不禁讚嘆，武曲啊武曲，不管妳是誰，妳真的很酷。

可以用來自天梁星三釀老人栽種，從武曲自己肩膀長出來的「米」；可以用深藏在巨型颱風之中足以餵飽眾生的「怒風高麗菜」；可以用來自土地深處，會化成飽含陽光雨珠的「橄欖油」；透過僧幫獨一無二，能吸納食物香氣的「咒肉」，最後再運用藏在道幫的「食譜」，來做成一盤炒飯。

武曲，真的是一個神奇的女孩。

為了找回武曲埋藏的食物清單，琴，彷彿經歷了武曲曾經經歷的一切，讓琴愈來愈了解武曲，了解這個任性聰明但又強大到足以位列危險等級九的女孩。

那麼，聖・黃金炒飯的最後一道食材，「蛋」呢？

武曲又會想告訴找尋者什麼故事？這時，琴打從心底期待了起來……

「不過，就算我找到了武曲放在這裡的肉……」琴想到這，眉頭又微微蹙了起來。「我們還是沒辦法召喚周娘的咒啊？如果連我都沒辦法，你們和周娘又更不熟，更不可能召喚這咒了。」

「哈哈。」橫財突然笑了。

「幹嘛笑？」

「這時候，就看莫言的手段嚕。」橫財向來自負，但此刻卻罕見露出了對老友的讚賞。「看他怎麼破解僧幫三難中的最後一難：『難分』。」

「喔？」琴看向莫言，而莫言淡淡一笑，雙手慢慢地打開了。

他的手心，綻放出強烈的道行光芒。

道行氣勢驚人，琴可以感覺到，莫言這一次會用上百分之百的力量了。

只是面對這些無法召喚的咒，就算用上百分之百的實力，又能如何？

「怎麼分辨出哪一個才是我們要的咒？其實不難！」莫言雙手道行愈來愈強，一個巨型收納袋，已然出現。「只要帶回去給本人親自確認，不就得了。」

「怎麼帶？」琴訝異地看著莫言的收納袋，這收納袋怎麼這麼……大！

轉眼間，這口袋子已經比一間房子還要大，卻依舊繼續擴大，繼續不斷擴大……

「既然難分！又何必要分呢？」莫言大笑起來，「全部給我乖乖進來吧！咒！」

既然難分，又何必要分？全部給我乖乖進來吧！

這一剎那，莫言的頂級功力三十層收納袋，融合成單一且巨大的大袋子，有如一條透明飛騰的巨龍，張開大嘴，發出咆哮，朝著成千上萬的咒，開始狂暴吞食起來。

咒非常的靈活，有些咒甚至有自己的意識，開始逃離這個巨大的收納袋之龍。

但是收納袋之龍的操作者可不是別人，而是偷遍天下無敵手，有著神偷之稱的莫言，他豪邁卻又精細地操縱手上的收納袋，不斷追逐著藏咒室中的咒，短短十分鐘就吞食了近八成的咒。

「收納袋可以這樣用啊？」琴忍不住讚嘆，「陰界的技，果然千變萬化。」

「我的『收納袋』正是僧幫第三難中『難分』的剋星啊。」莫言沉穩地操縱著收納袋，忽上忽下，左捲右旋，繼續吞噬著四處逃竄的咒。

不過，剩下的咒卻也不是省油的燈。

它們雖然不具備任何攻擊能力，卻因為施咒者的能力關係，而出現不同程度的能力。

有的移動速度極快，像是閃電般一會兒出現在藏咒室的天花板，一會兒又像瞬間移動般來到藏咒室的對角角落。

有的咒移動速度雖然不快，但體型卻頗為巨大，收納袋之龍硬是吞了三、四口，才把它完全吞盡。

有的咒色彩繽紛，絢麗奪目，收納袋之龍吃下它之後，身體也跟著發出同樣迷人的光芒。

有的咒則感覺對袋子充滿好奇，圍繞著收納袋之龍兜圈子，似乎想破解收納袋之龍的秘密。

這些咒千奇百怪各有特色，但幸好它們都離不開這座藏咒室，藏咒室的牆壁上似乎也被賦予某些獨特的道行，困住了這些正在逃竄的咒，讓它們只能乖乖待在這空間之中，等待著終將被收納袋之龍吞噬。

三十分鐘。

不長不短的三十分鐘過去，收納袋之龍蜿蜒巨大的身軀，終於要追上最後一個咒。

那是一個不快不慢，不大不小，看似平凡無比的咒。

但奇怪的是，收納袋之龍在莫言精巧的操作下，偏偏就是吃不下它，袋口張到最大，「哈」的一聲合起袋子時，卻發現袋子中少了這咒的身影。

收納袋之龍再次張開大口，強大的吸力帶起洶湧的氣流，要把這個看似平凡的咒，給吸入袋中。

哈的一聲，袋子再次合起，卻又「失口」了。

這個咒，又出現在袋口旁邊十公分處，硬是讓收納袋之龍再次「失口」了。

「這是怎麼回事？」莫言雙手不斷運轉，靈巧地操作著收納袋之龍，追擊著這最後一個毫不起眼的咒。「你的收納袋收不下這個咒耶。」

「咒應該沒有靈識，但施咒者本身的能力卻會影響咒。」橫財的雙手也啟動了技，一道方形的門從他掌底下出現。「這施咒者究竟是誰？竟弄出這麼麻煩的咒？」

「不知道！這傢伙沒有武曲的瀟灑剽悍，卻多了一股尊貴之感，而且下咒下得很高竿。」莫言雙手交叉，空中的收納袋之龍轉了半圈，再次追擊最後一個咒。「準備好了嗎？老強盜。」

最後一個咒緩慢移動，看似毫無感應。

「和你合作，哪一次給我足夠時間準備？」橫財大笑，「直接上嚕！」

下一秒，那個咒的四面八方，同時出現了八道門，每道門都緊緊關著，就像是一個鐵箱子將這咒困住。

周圍都是緊閉的門，咒頓時動彈不得，只能留在原地不動，然後就在下一秒，莫言低喝一聲：「幹得好啊，老友。」

同時間，收納袋之龍一個捲動，從上而下急衝而來，寬大的收納袋剎那間吞噬了全部的門，還有……被門封鎖在其中的那個咒。

當收納袋龍轟然流過，整個藏咒室已經一只咒都沒有了，面積足足有半個足球場大的藏咒室，如今已經一個咒都沒有了。

「十二萬六千二十四個咒。」莫言手提起一個收納袋，收納袋中密密麻麻閃爍著精亮綠色光點。「全部收入。」

「莫言，你果然厲害！」琴露出讚嘆神情，「真的被你收光光了耶。」

「現在只剩下一個問題，就是咱們怎麼離開這裡嚕？」橫財拍了拍身上的灰塵，露出得意的表情。「我們可是幹了所有小偷和盜賊從沒成功的事，偷光了僧幫藏咒室裡面所有的咒。」

「嗯。」莫言的表情卻沒有橫財這樣輕鬆，他的神情困惑中帶著戒慎。「其實我還有一個問題，我們剛剛花了多少時間抓光這些咒？」

「四十一分鐘。」橫財看著莫言，多年的默契，他顯然也意識到了同樣一件事。「太久了。」

「是的，太久了。」莫言眉頭慢慢皺起來，「你也這樣覺得？」

「是的，本來以為你只要一分鐘就可以抓光這些咒……」橫財全身道行化成黑濁的氣息，在他身體周圍冉冉升起，這是備戰的姿態。「但四十一分鐘裡面，就算藏咒室可以阻斷外界的訊息，沒道理僧幫的人一個都沒有進來。」

「你覺得是發生什麼事嘿？」

「我不知道。」橫財冷冷地說，「但絕對不尋常。」

「你們的意思是什麼？」琴看著這一對神偷鬼盜，她也隱隱感覺到不對。「僧幫為什麼整整四十一分鐘的時間都沒有阻止我們?他們是故意的?」

「不知道。」莫言專注在所有的道行，注視著藏咒室的門口。「也許出事了。」

「啊？」

「僧幫出事了。」

僧幫出事了？琴聽不懂，在陰界三大黑幫中排行首位的古老僧幫，實力如此高，又會出什麼事？

然後，就在此刻，門口忽然傳來了腳步聲。

噔噔噔，沉穩的腳步聲逐漸靠近，然後一個身影就這樣大剌剌地出現。

這身影，琴曾經見過，所以她忍不住啊的一聲。「你是……」

「是我，我是化九九。」他是帶著琴來到僧幫的稽核員化九九，他手上還提著一盞油燈。

「化九九？」琴感覺情勢愈來愈詭異，「你發現我們了？你要來抓我們？」

「不。」化九九露出淺淺的笑容，但琴卻覺得化九九的笑容中帶著一股很濃很濃的擔憂。「我是來送這東西的。」

說完，化九九把手上的油燈朝地上一放。

這可不是一盞普通的油燈，這是琴一眼便能分辨出來的……不夜燈。

「這……」

「不夜燈會通向一個沒有人煙的地方，那裡是安全的。」化九九臉上掛著微笑，「就這樣，告辭了。」

「等一下，化九九，你等一下！」琴想追上化九九，但他搖頭，就這樣走回樓梯，轉眼就消失了蹤影。

空蕩寬闊的藏咒室內，只剩下琴、莫言與橫財，還有地上那盞吞吐著黑色光芒的不夜燈。

僧幫，究竟發生了什麼事？

先是讓他們連破九牆，又整整放手四十一分鐘任憑他們抓光藏咒室的咒。

還有地藏所說的，切莫空手而回。

現在甚至親自送來一盞不夜燈。

這個擁有數百年歷史，最強最老的黑幫，此時此刻，究竟發生了什麼事？

他們三個人，靜靜地看著地上的不夜燈，一陣沉默。

「地藏那老頭，顯然是希望我們帶著這些咒快點離開，別管這閒事。」橫財開口，「不然不會連出路都幫我們準備好了。」

「可是，僧幫究竟發生了什麼事？連他們百年鎮幫的藏咒室都管不了？」琴猶豫著，「這件事肯定非常嚴重。」

「傻姑娘，我們幫不了僧幫的，它歷史悠久，神秘強大，真要遇到什麼困境，我們也解決不了的。」橫財走到了不夜燈之前，「妳連僧幫九介都打不贏，留下來有啥鳥用，我要閃人了。」

說完，橫財輕輕摩擦了不夜燈幾下，不夜燈回應著橫財的道行，燈影如墨，將他的身軀慢慢吞噬。

吞到一半，聽到橫財的聲音從不夜燈那頭傳來。

「這頭是城市的街道，地藏沒騙人，這裡很安全。」

然後，接下來是莫言，他提著滿是綠色光點的收納袋，緩步走向不夜燈。「傻姑娘，我也要走了。」

「你也要走了？」

「橫財說得對，連僧幫都對付不了的事情，我們也對付不了。」莫言搖頭，「這幾年來我們不問政治，不問對錯，活得自由自在，這就是我們神偷與鬼盜的生存哲學。」

「可是……」

「更何況，別忘了我們已經完成地藏的囑咐『切莫空手而回』。」莫言說，「他不阻止我們離開，也許正是希望我們把這些咒帶走……」

「嗯。」

「小姑娘，想幫忙有很多方法，留下來蠻幹絕對不是最聰明的。」莫言搖頭，低身擦了擦不夜燈，不夜燈的黑色光芒再次綻放，黑影與莫言的影子融合在一起。

「莫言……」

「我去那頭等妳，我們把咒交給周娘，讓她解開自己咒的限制吧。」莫言一邊說，身體也慢慢沉入了不夜燈的黑暗中。

橫財與莫言都離開了。

琴站在藏咒室的門口，雙手握拳，孤單地站著。

「莫言說得對，地藏在第九牆之所以放我們進來，是希望我們把咒帶走，也許他早就知道僧幫即將遭遇大難。」琴自言自語著，「所以，幫助僧幫最好的方法，就是離開。」

「橫財也說得對，僧幫乃是三大黑幫之首，幫內高手如雲，幫內成員數十萬以上，還有一個陰界最強危險等級十的地藏坐鎮，他們解決不了的事情，我們也解決不了。」琴咬著下唇，「留下來，只是單純的笨蛋而已。」

「所以……」琴纖細的手指伸向了眼前的不夜燈。

裡頭黑色的火焰，輕輕搖曳著。

所以，我的決定是……

奔跑。

琴奮力地往上奔跑，她透過獨一無二「電偶」的能力，刺激著雙腳的肌肉，讓她有如奧運選手般踩著階梯往上奔跑著。

奔上一層樓，再奔上一層樓，然後又奔上一層樓。

這是她的決定，她一口氣躍過不夜燈，朝著樓梯方向奔馳，她得追上化九九的腳步，她要幫忙僧幫。

為什麼呢?琴也不知道，但最後促成她做決定的，是當她在夢境遇到地藏時，所說的第一句話。

「我回來了。」

抱歉，地藏老先生，既然我回來了，我就不打算走了。我不打算走了。

琴來到了一樓，用力吸了一口氣，朝著剛剛通過的九牆方向，再次奔馳了起來。

琴跑了約莫十分鐘，她發現整個僧幫竟然一個人都沒有，原本機關重重，隨處都有人員走動的僧幫，竟然一片空蕩。

人都去哪了?為什麼所有機關，包括九牆都關閉了?

「都沒有人，接下來我該怎麼走?」當琴通過了九牆，她不禁停下腳步，遲疑地看著四周。

就在此時，她忽然感覺到一股細微且熟悉的電訊，正從右邊牆角傳了出來。

「這是，」琴藉由電偶的能力，刺激眼部肌肉，讓她視力有如老鷹般銳利。「紅色原子筆的筆跡?」

琴從字跡上感受到一股熟悉的氣息，因為在不久前，就是這支紅色原子筆，每在紙上畫一筆，琴的身上就增加一道傷口。

「紅色原子筆，所以這是化九九特地留給我的嘍？」琴想起與化九九的便利商店一戰，臉上不自覺浮現一抹微笑。

然後，她收起微笑，再次邁開步伐，有如一道狂電般奔馳起來，僧幫到底發生了什麼事？順著化九九的筆跡，一定很快就會找到答案了。

「右轉，左轉，再左轉，嗯……」

琴自從知道化九九會留下字跡之後，就不再停下腳步，純粹以電偶賜予的超強視覺快速判斷，轉眼間，她已經跑了十幾分鐘。

「僧幫好大啊！」正當琴對一切產生懷疑時，她赫然發現，牆角的紅字，終於停住了。

琴猛一抬頭，她正停在一棟足足有十幾層樓高的大門之前。

而大門頂端，有四個沉靜但力量豐沛的字，如此寫著——

僧幫大堂。

「僧幫大堂？這裡好大！絕對足夠容納整個僧幫，不，也許更多人……化九九想帶我來的地方，就在這裡嗎？」琴吸了一口氣，從大門半掩的縫隙中，就要鑽入。

只是，當琴才踏入門內，一股強大、凜冽，充滿壓迫感的道行之氣，就這樣撲面而來，甚至將琴的長髮往後吹起，而她也看到了一幕令人吃驚的畫面！

這個可能足以容納一、二十萬人的僧幫大堂，此刻竟密密麻麻地站滿了人。

而且，從衣著來判斷，這些人顯見並非僧幫子弟，全是入侵者。

這些入侵者異常的安靜，他們的目光都集中在僧幫大堂的中央處，那裡站了七個人。

琴瞬間懂了，剛剛所感受到的那股巨大威壓，應該就是這七人所發出來的。

這七人是誰？光是站著，就足以發出如此驚天動地的道行之氣？

琴以「電偶」，強化了自己的眼睛，好讓她看清楚這七人的模樣。

第一個人，只見他右手都是嶄新鈔票，把鈔票當成扇子搧著風，他那雍容華貴的模樣，琴至死都不會忘記，因為颱風一戰就是此人以支票炸得琴與柏身受重傷，更逼得琴必須躲入土地守護者領地休息，他是十四主星之一，天府星太白金星！

而第二個人呢？

她儀態高貴中帶著野性，美麗卻又危險，她肩膀上捲著一尾若隱若現的白蛇，身邊躺著一隻雖然在沉睡，卻散發著戾氣的巨大山豬！

女子的身影，琴感到陌生卻又有點熟悉，當年在鼠窟是不是曾有那麼一個女孩，身上也掛著一條白蛇？

「妞妞？」琴歪著頭，「這人和鼠窟中的妞妞好像，她也是十四主星嗎？」

琴不知道的是，此女子不只是當年鼠窟中的妞妞，她的名字更是響徹整個陰界的馴獸師界……她就是太陰星月柔。

接下來的第三人，說是一人，不如說是一對。

一對男子，他們身上衣著樣式相同，顏色卻完全相反，一黑一白，手上的兵器一人手持銀亮鋒利的短斧頭，另一人則拿著沾血的長鎖鍊。

看見他們兩人，琴先是一愣，接著摀住嘴巴險些喊了出來，因為這兩人的形象立刻勾起了琴最深處的恐懼。

「黑白無常！」

他們就是琴剛到陰界時，所遭逢的第一組狙殺者！當時要不是小傑與小才出手攔截，琴現在可能還蹲在政府的監牢中，數著牆壁上到底有多少隻小強！

在陰界闖蕩的這段歲月，琴更不時聽聞黑白無常的傳說，他們危險等級高達八，是整個警察系統的獨裁者，他們貪婪且嗜血地壓榨整個陰界子民。

只是琴不禁歪著頭，當年黑白無常的武器不是一條鎖鍊一個索命鈴嗎？怎麼好像有了變動，白無常手上拿著鎖鍊，上面綴著索命鈴，而黑無常則換上了黑色短斧，琴才想起，當年小才小傑用雙斧絞斷了黑無常的鎖鍊，所以讓他的武器更加進化了？

如果連黑白無常都來了，手上的武器還都進化了，那這次僧幫真的危險了啊！

琴以為這組黑白無常會是此地令她最恐懼的人，但下一秒，琴就發現自己錯了！因為琴看了第五人一眼。

僅僅一眼，明明僅有短短零點一秒的時間，隔著千百個士兵的距離，這一個人，卻依然讓琴從腳底升起了一股極度冰冷的戰慄。

琴感覺到自己看的不是一個人，而是一團深黑色的深淵。

那是名為黑洞的深淵。

琴想起在陽世時某位哲人曾經說過：「當你凝視著深淵，深淵同樣凝視著你。」

而這人，就如同深淵，同樣凝視著琴，將琴周圍所知的一切光明、一切喜悅、一切美好事物，全部吸收殆盡無影無蹤。

琴瞬間明白，這人是誰……他是「天相」。

危險等級九，在陰界中僅次於太陽星地藏，手握政府軍系資源，尤其在紫微不問世事之後，更成為整個政府的實質領導者。

而且傳聞，天相在這十幾年間，愈來愈深沉，愈來愈強大，其恐怖感甚至凌駕了貪狼星黑白無常，成為一切黑暗的源頭。

不過，正當琴仍沉浸在天相的恐怖感之中，天相身旁的第六人，巧妙地吸引了琴的目光。

這人影就在天相旁，初時毫不起眼，就像是一枚小流星恰巧經過巨大黑洞旁，幾乎要讓人遺忘與忽略。

但當那枚流星出現在琴的眼中，卻意外地愈來愈明亮，愈來愈清楚，甚至……掩蓋住了黑洞深邃可怕的風暴。

因為，琴慢慢地看清楚了，那個站在天相旁的是誰……

俐落的短髮，精壯強悍的體魄，俊俏五官笑起來羞怯卻帶著一股寂寞，手握鋒利長矛，背後跟著一條比人還高的棕毛大狗。

「是你……」琴低語，「柏，是你……」

在遙遠的陽世記憶中，柏是那個一直跟在小靜學妹後面，沉默而低調的男孩。

每次琴與柏眼神交會，都能感覺到柏眼中那神秘而悲傷的觸動。

這觸動裡，有著濃烈的惆悵，有著深刻的想念，有著想碰觸卻又不敢碰觸的寂寞。

為什麼這男人會給自己這樣的感覺？

好幾次，當琴和朋友們嘻嘻哈哈放聲大笑，突然看見柏的身影，周圍的朋友低聲讚嘆：「這男生帥得好有野性！好像荒野上的一匹狼！」琴總是選擇沉默，她不解自己內心何以湧現一股心疼的情緒。

而當琴在颱風之戰中再次遇到了柏，她更確信了他們兩人之間有非常深刻的羈絆，那是從陰界跨越到了陽世，又從陽世回到陰界，長達數十年的緣分。

這份對柏說不上來的感覺，曾經讓琴對小靜有份說不出口的歉疚。

這一次，在僧幫與政府大戰的前夕，琴再度見到了柏，看著柏明明手持長矛，俊酷且強大，但背影那一絲不易察覺的落寞，依舊讓琴的心頭湧上一股心疼。

「雖然我不知道你為何變成如此，但本來的你比較好。」琴輕輕地自言自語著，「有一天，我一定要親口和你說。」

最後，琴的目光落在位居中央的那個人。

以外表來說，看似最為平凡，身旁既沒有巨大的野獸，沒有鋒利詭異的奇型兵器，更沒有冰冷若深淵的個人氣質。

這個人，身穿一件古樸灰袍，年紀頗大，舉手投足悠閒沉靜，有如一名於後庭院散步賞秋的老僧。

但此人能在被千軍萬馬緊緊包圍，被陰界頂尖六大高手圍攻下，維持這樣的氣度，這就非常了不起了。

琴知道這個人，當然知道他，他是僧幫之主，一個僅憑意念就足以累死莫言和橫財兩大高手的……地藏！

太陽星，地藏。

看著地藏溫和地佇立於兵馬中央，琴決定邁開步伐，以她電偶能力，在人群的縫隙中高速且無聲地穿梭。

因為她想要幫忙，幫忙這個……會以溫暖微笑對琴說「妳回來啦」的老人。

我回來了，是的，我回來了。

我回來之後，就不打算走了。

地藏老先生。

第三章・滅僧者降臨

這裡是陽世。

小風穿著輕便俐落的套裝，手裡提著一盒蛋糕，走在城市的巷弄中，幾個拐彎，幾個直行，她終於停了下來。

眼前一棟外觀舒適乾淨的城市民宅，她抬頭，微笑。「這裡就是小靜和蓉蓉租的房子？」

她按了按電鈴，對講機那頭傳來小風熟悉的聲音。「小風學姐嗎？快點上來！我們已經開始了。」

門鎖應聲彈開，小風推門而入，步行上了三樓。

三樓的門已經開了，裡面隱隱傳來熱鬧的笑聲和歌聲。

忽然，小風像是感覺到什麼似的，停下腳步，輕輕按住自己的胸口。

有點疼。

心臟的位置。

但她隨即藉著緩慢地呼吸，將躁動的心跳抑制住。

她可是足以引領巨大經濟流動的女強人，不會被這小小疼痛所打敗的，更何況，她做過檢查，卻什麼也沒有查到……醫生甚至想將她轉到心理門診，懷疑她的心臟疼痛與工作壓力有關。

但小風知道，她的心痛與工作壓力並無關聯，因為她在下每個決策之前，都腦袋清楚，呼吸平穩，根本沒有任何足以造成壓力的因子。

只是令她擔心的是，這陣子心臟發疼的次數好像變多了？小風疑惑地還有另外一件事，就是這次的疼痛不太一樣。

當她按住胸口時，好像看見了一幕景象，那是一個寬敞空曠的房間，房間內散布著如同螢火蟲般的綠色光點，不只如此，房間內有一條飛行的透明巨龍，正張口吞著那些光點。

由視角來判斷，小風發現，她是其中一個綠色光點，她想逃，但速度卻很慢，雖然她已經是整個房間裡面的……最後一個了！

她努力地逃，左衝右突，最後卻因為五扇突如其來的門，將她前後左右下的逃脫路徑全部封住，只留上方的逃生出口，而這出口之上，透明巨龍的大嘴正等在那裡。

逃不了了。

尖叫聲中，小風身處的綠色光點，被大龍一口吞入。

「啊。」小風一個閃神，突然醒了過來，她敲了敲自己的頭。「啊，最近真的太累了，老是胡思亂想。」

「如果琴還在，會怎麼說我呢？說我想交男友了嗎？」小風嘆氣，「大概會找我去吹海風要帥喝啤酒喔！哎，好令人懷念的日子喔，嘻嘻。」

小風打起精神，拉開了鐵門，同時間，充滿著歡樂、歌聲和笑聲的空氣如海浪迎面而來。

「小風學姐妳來了！」迎面而來是向來嫻靜的小靜，她難得兩頰紅噗噗的，身上散發淡淡酒香，神情興奮。「謝謝妳來一起慶祝蓉蓉甦醒！」

「呵呵，是啊。」小風舉起了手上白色的蛋糕盒，「這可是出自我家附近一間日本人開的手工蛋糕店，非常好吃喔。」

「耶！」屋子內至少有三十個人同聲歡呼，「小風住的地方，可是超級黃金地段，能在那邊開手工蛋糕店，蛋糕絕對好吃到天崩地裂！」

「也貴到震古鑠今！」蓉蓉也補上一句話。

「什麼貴到震古鑠今？」小風笑，把蛋糕遞給了小靜。「拿去切一下吧。」

「是！」

看著小靜與蓉蓉的背影，這一刻，小風將剛剛顫動的心悸，透明的龍，寬闊的房間，被吞噬的奇想，全部都丟到了腦後。

人生，就該享受此時此刻，不是嗎？

陰界，僧幫大會堂。

琴開始奔跑，她運起「電偶」，不只刺激全身肌肉，更將自己的氣息抑制到最低，有如夜晚潛行的黑豹，潛入了軍隊之中。

這些軍隊其實也具備不低的道行，他們隱約感覺到有一陣風吹過身邊，卻極少有人能發現琴的存在。

琴從外圍靠近中央，她明白愈是往內，周圍軍隊的道行愈高，所以琴也跟著提升了道行，她先以輕鬆的姿態穿過外側的軍系部隊，然後陡然提升速度，一口氣穿過警察系統，接著進入金融部隊時，琴在空中撒出點點金色電光，趁著電光吸引金融部隊的目光時，一口氣滑行而過。

比較驚險的反而是馴獸師群，馴獸師部隊中不乏嗅覺與感知能力極為敏銳的陰獸，當琴一靠近，牠們抬起了頭，將目光移向了琴。

在此刻，琴想起了莫言所說，陰獸不只是能量，也是有意識的生命個體，於是琴露出溫和笑容，把手指放在唇間，比出了一個「噓」的姿勢。

不知道是琴的和善還是她散發的強大電場氣勢，這些陰獸全都安靜以對，沒有發出任何聲音驚擾隊伍，讓琴順利通過了馴獸師區。

而當琴進入了距離核心區域一百公尺附近，她卻不得不停下腳步。

因為再往前十公尺，就是天虛、小聽或是獨飲這些高手的所在地，琴再怎麼善於躲藏，都不可能踏入這一區而不被發現。

幸好，到了此區，「電偶」強化後的耳力，已經足以讓琴清楚聽到核心區域諸大高手的對話。

此刻，說話的聲音尖銳冰冷，而且兩個聲音互相重疊，是黑白無常的聲音。「短短的十幾分鐘，僧幫上萬幫眾，竟然退得乾乾淨淨，只留你一個人？你是早就替此刻做準備了嗎？」

「政府強者如雲，我僧幫自知不敵，乖乖離去了。」

「但你的部下都跑光了，光你一個人留下來，不就是留著送死嗎？咯咯。」

「老僧比較固執一點，想留下勸勸諸位。」地藏雙手合十，面帶微笑。「也許經過老衲一勸，諸位就不會繼續追逐我數萬幫眾了。」

「勸勸我們？」黑白無常失笑，「地藏啊地藏，也許你真是陰界第一，但只憑你一人雙拳，就想留下我們十萬大軍？」

「十萬嗎？」地藏一笑，「貪狼兄，這算術不太準，應該是十九萬兩千四百四十一人，加上一千二十二隻陰獸，不是嗎？」

「你算得這麼清楚！」

「算得清楚，當然是為了怕一件事。」

「怕一件事？」

「怕出手時，會有遺漏啊。」地藏一笑，他的雙手依然合十，但他的背部，卻已經微微拉直了起來。

也是這個動作，讓在潛伏的琴，莫名感到一陣戰慄。

這種戰慄感是什麼？

地藏，要出招了。

下意識地，琴收起所有道行，所有的電偶與電感，全部收斂到琴的體內，然後快速覆蓋住自己的全身肌膚。

她不是擅長防禦型的戰鬥者，她也沒有練過類似盜賊斗篷之類的技，她唯一能做的，就是將所有的道行化成無形盔甲，護住全身。

然後，風來了。

地藏的招式，到了。

這一刻，琴終於見識到，所謂陰界之中，最頂端的力量。

手。

全部都是手。

整個僧幫大會堂，包括地面、天花板、牆壁，全部都是手。

有的手是厚掌，有的是劈刀，有的是硬拳，有的則是劍指，以地藏為中心，有如大浪般往四面八方轟然傾流而下。

流向了軍系士兵，流向了警察系統，流向了財務人員，也流向了馴獸師們。

這些士兵們眼睛圓睜，面目嚴肅，肌肉糾結，他們甩動手上鋒利到足以劈斷大樹的長刀，揮起可以爆裂大廈的榴彈之拳，舞動八條張牙舞爪的鐵鍊，或是舉起剛硬到足以碾壓萬物的強盾。

這些曾經在道幫中，將木狼旗下刀堂打得節節敗退的軍人，此刻陷入了千萬隻手的狂暴大海中。

手，像一個又一個高手，出招精準而強大，攻擊每個人的要害。

手拿長刀的軍人，刀被一對手夾住，然後另一隻手趁機穿入軍人的胸口，砰的一聲，胸膛凹陷，頓時倒地。

手握大盾的軍人，發現手從他背後死角而來，他試圖迴轉盾牌，但手已經按在他的腹部，手中的道行勁道一吐，震得軍人的五臟六腑扭成一團，口吐白沫，頓時暈死。

善使暗器的軍人，倉促之間想發動周身上下的武器，但眼前卻一片漆黑，因為一個拳頭筆直地揍入他臉，鼻子凹陷，牙齒騰飛，這張臉帥與不帥已經不重要，因為都是一張凹餅了。

而軍人們擅長的不只是武器，他們更擅長互相輔助，結成陣法，將十人之力發揮成百倍之能。

面對洶湧而來的手浪，部分軍人互相靠攏，背心互抵，頓成攻守合一之勢，力抗這詭異又強大的千手突襲。

只是，軍人會結陣，千手呢？它們竟然有如具備驚人學習力的智慧生物，手握著手，也結成了陣。

一隻手拉著另外一隻手，在空中環成一圈，圈快速滾動，直破向眼前的軍人陣法。喀啦喀啦喀啦，軍人陣法被手陣所破，然後手又在空中各自追擊自己目標，慘叫聲不絕於耳，又是一群軍人倒下。

千手之浪，四處蔓延攻擊，短短一分鐘內，仍能雙腳站立的軍人，已經不足一萬了。殘存的軍人雖然都是道行較高或是身負官職的，但也都左支右絀地被群手圍攻，屈居劣勢，轉眼就要敗北。

其中幾個官階是僅次於副將的三將，他們憤怒地呼喝著，每一拳都帶起亂舞的道行風暴，但他們的要害不斷被千手擊中，轉眼間單膝跪地苦苦支撐，最後，終於淹沒在群手之下。

剩下一個三將，他的技非常獨特，能潛入地底，有如土撥鼠，只見他做出跳水姿勢，堅硬的地面有如平靜湖泊，嘩啦一躍而下，然後在地面下快速潛行。

每次戰役，他都靠著這招地面潛行，繞到敵方背後反殺對手。

不過，這一次，他錯了。

地底下，手，竟然追上來了。

「這裡是地底啊！」這位三將吃驚回頭，但兩隻手各抓住三將的一條臂膀，咻的一聲硬是將他從地底拖出來，才剛剛來到地面，眼前又是四隻手，攻其額頭、腹部、眼部和後腦。

啪啪啪啪，四聲過去，地上又多了一名昏死重傷的三將。

千手威力如此之強，無差別地攻擊現場的士兵，但是混在大軍中的那名潛行者——琴呢？

她在一瞬間憑著直覺將道行化成透明冷硬的電之鎧甲，然後迎面衝入了滿是手的海浪之中。

她看見了，手，在她面前，施展了各式各樣強大又美麗的姿態。

然後，手如刀劈，手如劍刺，手如掌雷，手如拳擊，手環如索，同時間從四面八方擊向了琴。

琴閉眼咬牙，她才初登藍箭之境，實力雖逼近莫言橫財等甲級星，但她卻絲毫沒有把握能擋下這一擊。

地藏的千手觀音這一擊！

不過，奇怪的事情發生了……

琴閉著眼，卻沒有感覺到身體傳來一絲疼痛，甚至是一絲攻擊或壓迫力。

「咦？」琴微微睜眼，赫然發現那些手，竟然都停在她身眼前五公分處，突兀地止住了攻擊。

而且更特別的是，其中一隻手就在琴的面前，張開五根指頭，對琴揮著手。

「咦？」琴好訝異，雖然明明很蠢，但她還是回應地揮了揮手。「嗨，你好。」

緊接著，那隻手的五指，連續做出一連串的手勢。

琴雖然不懂手語，但莫名地卻了解了那隻手想說的話。

『妳，沒走？』

「我想幫你。」琴咬牙，「而且，我有想見的人。」

『想見的人？見了又如何？』手又繼續比著。

「我想對他說一句話。」

『什麼話？』

「呃，」琴一愣，「我、我還沒想好。」

手的動作停了，似乎在思考著。

「我知道我有點笨，我就是想對他說句話嘛。」琴跺腳，「我一定會在見到他時想出來的。」

『不，我不是說妳笨。』手張開五指，有如風吹過花朵般晃動指頭。『而是說，妳果然……』

「果然？」

『就是武曲。』那手的食指一翻，比著琴。

「呃。」

『如果是這樣，那就一起留下吧。』手打開，做出歡迎姿勢。『而且，容我掩護妳。』

「掩護我？你剛剛比的意思是這樣嗎？」琴失笑，這麼難的句子自己竟然看懂了。

『因為我等妳回來，已經等了好久。』手的動作才剛比完，琴就感覺到圍繞她身體周圍的群手，又開始行動了。

一隻手疊著一隻手，密密麻麻地覆蓋琴的身體，讓琴往後仰倒。緊密的手完全遮蓋了琴的道行與氣息，接著地面伸出無數隻手，像是傳接小船般，把琴以超快的速度，往前送去。

琴只覺得身體下面的手一隻接過一隻，速度快如奔馬，眨眼就到了整個大堂的核心區域。

而這裡，就是地藏與王魂們的對峙之地。

然後，手的動作停了。

它們依然緊緊地包覆著琴，掩蓋她的氣息，讓她潛藏在滿地昏厥的軍人之中，更讓她可以觀察接下來的戰局。

局勢發展至此，戰場上仍有十個人站著。

琴不禁愕然，地藏的這千手的威力未免也太強？難怪要遣走所有的僧幫幫眾，因為政府的十九萬大軍，在短短的十分鐘內，被地藏打到只剩下十人站著？

「千手觀音。」站著的人其中之一，正是在南軍位列副將的小聽，她聲音清脆冷靜，娓娓道來。

「太陽星地藏的絕招，傳說中觀音曾經立下重誓要守護蒼生一萬年，但卻在九千九百九十九年之際，因為看見了蒼生的貪婪與自私，祂產生了一念『放棄』，祂因為這一念違背了誓言，身體裂成千百塊，佛祖不忍祂從此化成煙塵，伸出大手，將其碎片一一拼湊回來。只不過觀音雖然形貌已經回復，卻也因為碎裂而多了千手，從此改名為千手觀音。」

小聽的聲音雖然聽起來冷靜如常，但其實此刻，周身十六隻手正以拍擊方式對她展開攻擊。

她護身道行早已用盡，應聲倒下已是遲早的事。

「喂，小聽啊。」小聽的身邊，揮舞著大刀的男人，正是甲級星獨飲，他不斷用刀逼退千手觀音的手，一邊豪放大笑。「妳乾脆直接放棄倒下吧！地藏千手觀音暗藏慈悲，倒了滿地的士兵，卻沒半個人死亡，直接倒下比較輕鬆啦。」

「要我倒下，那，你為什麼不倒下？」

「因為老子很享受戰鬥啊。」獨飲大笑，面對出招詭譎的手，他的刀舞動得虎虎生風。「能與地藏一戰，雖然只是他千手觀音的一小部分，我也得盡情享受才行。」

獨飲的青龍偃月刀，在手上盤旋，舞出一套又一套精采的刀法。

每一刀所夾帶的道行都是如此驚天動地，雖然戰力強橫，但獨飲的道行可不是無窮無盡，再這樣揮舞下去，不用十分鐘獨飲就會耗盡道行而倒地。

但，就算如此，獨飲就是想揮刀。

包圍獨飲的千手觀音，數目高達七十，密密麻麻地使出各式各樣的拳招，總是能夠對應獨飲的刀法，變化出更新、更詭異、更令他拍案叫絕的招式。

獨飲感覺自己彷彿在和一群與自己實力相當的高手，暢快淋漓地交手。

尤其是青龍偃月刀自天缺一戰後，變得更加鋒利，更加輕盈，讓獨飲打起來更是痛快。

「哼，我才不像你整天愛打打殺殺。」小聽幾乎要力竭，「我只是……」

「只是怎樣？」

「討厭輸給北軍的那個愛吸菸的副將。」

北軍愛吸菸的副將？獨飲斜眼看去，另一側的戰場上，正是曾經在道幫中與木狼一戰的，天虛。

天虛正被九隻手圍攻，天虛的能力是聚煙成形，奪取敵人的氧氣偷襲對手，是戰場上頗為陰險的角色，但他在道幫之戰後元氣大傷，如今僅僅面對九隻手，就打得氣喘吁吁。

砰的一聲，一拳擊中他的胸口，打得天虛氣息停滯，一旦氣息上不來，沒了氣，他的技頓時失效，就在他張開口，胸口一陣空虛之際，第二拳又到了。

這拳毫不客氣，把天虛打得滿臉濺血，他後仰倒下，頓時昏了過去。

天虛一倒，小聽滿意地笑了。

然後她放鬆了防禦，周圍十六隻手同時拍中她，她身體一震，跟著軟軟倒下。

「贏了就好，可不能丟了我們南軍的臉。」小聽躺下時，儀態依然優美帥氣，堪稱女軍官的楷模。

天虛與小聽一一倒下，戰場上，仍站著的人僅存八人。

扣除打得正過癮的獨飲，還有一個甲級星仍站著，他是北軍首領，全身被雪白亞麻布包捆，有如木乃伊的高手。

他在亞麻布下的雙眼，透著凜冽的光芒，以獨特舞步和群手戰鬥著，伴隨著他的舞步，手上的亞麻布像是一條條扭動的蛇般，往外甩動。

包圍此人的手共有六十隻，有幾隻手被亞麻布甩中，手上表皮隨即出現一個『咒』字，咒字一現，那些手像是失去了力量般，皮膚泛黑，再也無力攻擊，紛紛落在地上。

只是這些中了咒的手，一旦落下，立刻有新的手補上空缺，六十隻手數目雖然有減少跡象，但整體而言仍然威猛絕倫。也因為群手攻擊互相配合，有如一道銅牆鐵壁，不斷壓迫著北軍首領，北軍首領敗北似乎也是遲早的事情。

在一旁觀戰的琴，忍不住低聲自言自語：「此人也是用咒？所以他也有類似僧幫的能力。」

不過，就在此刻，琴身邊的那隻手，忽然又打了一個手勢給她。

『注意，要出手嘍。』

「要出手了？」琴訝異，「誰要出手？」

『當然是，』那隻手做出一個大拇指的姿勢，『地藏啊。』

然後，琴猛然感覺到一股氣，如此強勁，卻又如此輕盈，在眨眼的瞬間，就已經來到了北軍首領的面前。

明明就是世間極速，卻輕鬆如閒庭信步。

「你也用咒？」那氣，正是地藏，他露出溫和的笑容。「所以妳是甲級化科星，紫羅蘭吧。」

那被包成木乃伊的人露出驚駭眼神，這剎那全身的亞麻布同時騷動起來，在瞬間全部鋒利如刃，刺向了眼前的男人。

這是她的全力，百分之一百二十的全力，因為對上地藏，能出招的機會，只有一次，僅存唯一的一次。

鋒利如長刃的亞麻布上，密密麻麻寫著深黑色的字，這是咒。

一旦任何生物碰觸到，就會立刻失去生命力的咒。

但這些咒，在如花朵般伸展開的千手之前，全都失去了效果。

每一個手掌，都捏住了一條亞麻布，六十餘條亞麻布，被手指緊緊攥住，咒失去了力量。

然後，一個手掌覆在化科星紫羅蘭的胸口。

「請倒下。」地藏語氣平靜。

紫羅蘭，甲級星，北軍之首，掌握黑暗咒術的女子，在最後一刻顯露出真正的面容，蒼白但姣好的五官，倒在地上，就此昏死了過去。

當紫羅蘭倒下，另一頭的男子昂然而笑，朝著地藏大步而來。

「下一個是我了吧，對嗎？」不用說，他當然是獨飲。

「嗯，是的。」地藏轉身面對獨飲，同時間地藏身後延展出千百隻手，聲勢驚人。

「在下乃是南軍之首，天鉞星獨飲，拜見地藏！」獨飲大笑，笑聲之中，他左手握刀，將刀從背後直甩上來。「哈哈，我想說，等這一刻已經超久的啦，能和陰界最強的地藏打上一場啊！」

透過迴轉身體的力量帶刀，他把腰力、腿力與臂力同時推到極限，對準地藏的胸膛，劈了下去。

若是普通的陰魂，刀尚未劈下，揮刀那一刻產生的刀壓，就足以讓陰魂身體粉碎，更遑論被正面擊中。

但獨飲不擔心，因為他知道面對的是地藏，一個外表雖然瘦弱，但卻是陰界無敵百年的極致強者。

「好刀。」地藏微笑，背後的千手舞動，迎向了眼前這一刀。

「我的青龍偃月刀，刀鋒鋒利絕倫，數日前的戰鬥中，由天缺老人親手鍛造，你的手雖然多，但都是血肉之軀，看你怎麼擋刀？」

「這問題問得好。」地藏微笑，「千手觀音，所追求的本來就並非獨一無二的強。」

「那求的是什麼？」

「是防，無邊無際的防喔。」

說完，獨飲突然感到手上青龍偃月刀的刀勢緩了，從他背後直甩而來，夾帶十二成功力的大刀，像是沉入凝固鉛水般，愈來愈慢，愈來愈……慢！

而難以推動的原因，正是那千手觀音的手，竟後發先至，密密麻麻的握上了青龍偃月刀的刀柄。

「刀鋒雖利，但終究只有一處。」地藏聲音清朗，「而千手觀音，無色無相，任何一處皆可攻擊。」

獨飲見到自己的青龍偃月刀如今已被地藏千手觀音牢牢困住，再也無力抽回，他大喝一聲，手一鬆，放刀了。

「喔，放刀了。」地藏眼睛微亮，露出讚賞神色。「施主竟然懂得放刀，刀一放，海闊天空。」

刀一放，海闊天空，獨飲鬆開了手，在空中轉了半圈，然後以手為刀，由上而下朝著地藏的額頭，劈了下去。

「能放刀，才能贏刀，這可是天缺老人教我的。」獨飲大笑，以手成刀，吸納了青龍偃月的刀氣精神，威力更勝！殺氣更沉！

絕對是獨飲生平刀法的一大突破！

「無刀勝有刀，施主竟然在戰鬥中又進步了。」地藏眼中光芒大盛，背後源源不絕的千手觀音，以更猛烈的速度朝獨飲而去。

只是這一次，千手觀音的每一隻手，也都作手刀狀。

「要用手刀互拚嗎？哈哈哈，多謝地藏成全啊！」獨飲的手刀，獨自劈向了眼前上百隻手刀。

刀光，在此刻激烈撞擊。

雖是手刀，卻爆發出比真刀更猛烈的氣勢。

凜冽的刀氣在這短短的數十秒內，不斷四射而出，有的刀體雖然已經崩裂，有的已然折斷，有的缺了一角，但仍是刀，仍是一道能殺傷敵人的刀氣。

這些凶暴的刀氣，有的射向了太白金星，他一邊嘻嘻笑著，一邊伸著指頭數著。「五千元、八千元，嘖嘖，這把刀更值錢，一萬兩千元啊。」

一邊數著，一邊把刀氣收入了口袋，就像收下現金。

有的刀氣撲向了一旁的月柔，她動也不動，倒是她旁邊的十二陰獸饕餮張開了大嘴，嘩啦嘩啦將刀氣全都吞進了肚子裡。

同樣的刀氣也有如迴旋刀般射向了黑白無常，他們兩人瞬間分裂增生成六個人，然後輕鬆甩鍊，就把刀氣全部打下。

另一頭的天機星吳用呢？他則發出「好可怕，我是十四主星中危險等級最低的，我才七而已」的嚷嚷聲，轉身就跑，躲到天相的身後。

天相，這位危險等級僅次於地藏的高手，雙手依然負在背後，然後這些凌亂的刀氣卻在靠近他身邊三公尺處，突然消失了。

像是被從世界突然抹去般，數十把刀氣，就這樣消失了。

現場除了那些站著威風凜凜的主星之外，事實上還有一個趴在人群中偷看的女小賊，正是琴。

刀氣不長眼，也飛到了她的身邊，正當她苦惱是否要啟動電氣進行防禦之時，覆蓋在她身上的那些手，卻已經做出了反應。

手，有如花朵，輕盈綻放，巧妙地將刀氣一一彈開。

「謝謝你。」琴小聲地對身旁的那隻手說，「救了我。」

『小事。』手比了一個沒問題的手勢。

不過，除了天相、天機、黑白無常、月柔、太白金星和琴以外，還有一個人。

他呢？身陷獨飲與地藏的刀氣撞擊中，他在哪？

原本他的罡風足以抵抗刀氣，但奇怪的是，他身上竟有著一條一條刀傷，原因更是奇怪，因為他解開了風的防護，轉而將全身的道行，都集中到了雙手，還有掌心中的那柄純黑色、鋒利絕倫的殺傷之矛。

此矛，名為破軍之矛。

曾是陰界十大神兵之一，殺傷無數，如今就算尚未展現其帝王之姿，卻仍凶暴且危險，如今這矛被柏緊握在手上，朝著某人的背，筆直地插落。

這人，就是地藏。

「偷襲？」地藏側過頭，神情平淡不見驚惶。

「戰場上，只有生死，沒有道義，偷襲又有何干？」柏的破軍之矛，眼看就要插入地藏乾瘦的背。

「說得好，所以你是破軍星嘍。」地藏的背，在這一瞬間，再次湧現無數的手。「他總是愛將一切比喻成戰場。」

這些手以手腕為中心，互相排成圓形，圓外又是一個圓，由內而外，層層疊疊排出了七層圓。

圓心，正好對準了破軍之矛的矛鋒。

圓心空無一物，矛鋒的威力頓時無處可施，不只如此，當矛鋒進入了圓心，這七層圓竟然同時往內收起，有如花朵由綻放轉為含苞。

這一含苞，頓時將破軍之矛整個收入其中。

「不好。」柏感到大驚，若此七層手的花朵一旦收起，破軍之矛恐怕就要被奪走！

柏為了奪回破軍之矛，黑矛綻放出狂暴的風，如利刃般迴旋的風，企圖割開如花朵般的手。

「這招是黑丸啊，嗯，當年有個叫海拔的破軍星，用得很好。」地藏臉色從容，「但是，你還不到他的六成。」

黑丸的威力沒有完全發揮，地藏的七層之手，眼看就要完全合起……柏眼看就要失去這把曾經陪他戰過天缺老人，陪他走到第七王魂的破軍之矛了。

「汪！」

一聲威猛的狗吠，突然出現，震盪現場所有人的耳膜。

如同黑色火焰般的大狗，朝著七層花朵撲了過去，夾帶著如同核彈般的暴風。

暴風猛烈衝撞七層花手，手終於亂了陣式，散亂開來。

不只如此，大狗張開鋒利的牙，曾經吞噬過無數A級、B級與C級陰獸，把牠們當作食物與飼料的利嘴，正猛咬著七層花手。

「嘯風犬？你這隻狗很忠心。」地藏搖頭，「看在牠數百年不變的忠心，這次矛我就先不沒收了。」

說完，七層手退後，而柏終於奪回了破軍之矛，同時嘯風犬也放開了利牙，跳到破軍身旁。

柏取回了矛，只覺得背脊全是冷汗。

他曾經踏過與天缺苦戰的戰場，見過天缺老人以一尊巨門之鎚橫掃政府，十隻猴子，甚至是黑幫群雄，他以為自己已經見識過十四主星等級的強橫。

但他卻因為地藏而感到困惑，地藏的強，並不霸道，甚至可以說是慈悲。

不過這樣的慈悲，卻差點奪走破軍之矛，甚至在三分鐘內橫掃十萬大軍，柏感到疑惑，卻也感到莫名的興奮。

他開始明白，為什麼以天相之能，還要親率六王魂來到此地以確保戰果，因為地藏的溫柔，就是地藏的強。

稱霸陰界數百年，獨一無二的強。

而就在柏收回了矛，暫時退出戰場的同時，眼前地藏與獨飲的對決，也已經畫下句點。

獨飲臉上帶著滿足的微笑。

暢快淋漓地……倒下了。

滿地的刀痕，有的長達數十公尺，有的深達兩三公尺，有的凌亂如一夜驟雨，有的清晰如尺刀一筆。

這些都是刀，都是以刀剋刀激戰後的痕跡。

站在這些刀痕戰場上的人們，正凝視著他們共同的對手，那個雙手合十，操縱著千隻手，神情平和的僧人——地藏。

「十萬大軍，應該消耗了地藏半成的力量。」天機星吳用躲在天相後面，像在自言自語。「剛剛與獨飲和紫羅蘭打，應該也耗了半成力量。」

「所以，地藏剩下九成了。」吳用繼續自言自語著，但周圍的人莫不側耳傾聽，因為這天機星吳用雖然武力不強，也從未使用武力，但他料事如神，分析精準。「按照剛剛地藏的習慣，會從較弱的開始打……」

「從最弱的開始動手？」天府太白金星忽然開口了，他轉頭對著太陰星月柔說：「那不就是我們兩個其中一個？」

「誰跟你是兩個其中一個？」月柔哼了一聲，「比較弱的分明就是你這個貪財鬼。」

「嘿，強弱對我而言不重要，重要的是錢，是錢啊。」太白金星笑咪咪地說，「不過就算是我好了，我被幹掉，接下來肯定是妳了，不是嗎？」

「哼。」月柔不再接話，算是默認了這句話。

她很清楚，她比不上黑白無常貪狼，與天相的差距更大，在這場子裡，她確實只能稱作老三。

若地藏收拾了太白金星，下一個要打的肯定就是自己了。

「所以，身為生意人，我們來談一筆交易。」太白金星笑著，「我知道妳有身為主星的驕傲與堅持，但這一次請妳得放下了。」

「哼。」

「我們一起合攻地藏吧！」

「我答應。」

「咦，這麼爽快？」

「因為，」月柔凝視著地藏，那個垂首低眉的老僧。「我明白他有多溫柔，就有多強，而這份強，值得我放下尊嚴，這是我對您的敬意，地藏。」

陰界，遠處。

三碗熱騰騰的麵剛端上桌。

「這是閃光流瀑細麵。」掌廚者是一名少年，他的肩膀上掛著毛巾，臉上盡是汗水，笑容可掬地介紹這三碗麵。「我用了山上瀑布凍結的細冰絲，配上陽世中最舒適柔軟的輕音樂烹煮而成。」

「哼，聞起來是還不錯，但實際吃就不知道了。」一個女孩把鼻子湊近了麵條旁，嘴裡一邊不饒人地說著，卻忍不住吞了好幾口口水。

「一定好吃的啦，阿喜姐姐。」少年廚師嘻嘻笑著，「我知道妳喜歡辣，還特地加了黑雨辣醬，保證好吃。」

「哼，最好是。」這名為阿喜的女孩挾起一筷子麵，麵映著明亮的燈光，閃爍著如白玉瀑布的光芒，還真讓人食指大動。

她將麵條小心翼翼放入口中，感覺到口中的麵，輕盈滑溜，先傳來香氣十足的醬香，然後是麵體本身的小麥香，伴隨著飽滿湯汁，一口氣滑入咽喉，最後浮現的是專屬於天喜最愛的辣勁。

真好吃。

真的很好吃。

好吃到，阿喜耳中傳來少年廚師的聲音，才驚醒過來。

「阿喜姐姐，好吃嗎？」

「還、還不錯啦。」阿喜發現自己的臉微微紅了，因為，這麵不只是好吃而已，重點是那個辣，無論是辣度、辣的種類、辣的方式，都一分不少，一分不多地打動阿喜的心。

令她發愣的，不只是美味而已，而是廚師那份體貼食客的心。

這小子來這裡住不過一兩年，怎麼好像對自己的味蕾與興趣，變得這麼了解呢？

「阿喜姐姐喜歡就好了。」少年廚師微笑。

「哼哼，可別太自滿了小耗。」阿喜啐的一聲，「得看看孟婆大人喜不喜歡。」

「嗯，孟婆大人……」這少年廚師正是當年與琴攜手闖蕩陰界一段歲月的小耗，颱風事件結束之後，他將琴搶救到土地守護者擁有的土地，並將敵人引走，不過，他並不是敵人的對手，危急之時，孟婆出手相救，從此就在此地安身立命。

小耗轉頭看向孟婆，卻發現孟婆神情有異，向來面目慈祥的孟婆，如今卻眉頭微皺。

「啊，這麵不合您的口味？」小耗慌了手腳，「我再重新煮過。」

「不是。」孟婆搖了搖頭，「是鼎聲。」

「鼎聲？」小耗不解，但隨即被一旁的阿喜踹了一腳。

「是你的聽力太差了啦。」阿喜表情也與孟婆一樣，變得有些焦慮。「孟婆大人，您是說，天相他……」

「鼎聲一出，戰火必然燎原。」孟婆深深地嘆了一口氣，「你們收拾一下，我們要出發了。」

「好。」阿喜起身，「那我們也去天相殿集合嗎？」

「不是。」

「咦？」

「我們去僧幫。」孟婆那雙失去光明的眼睛，莫名透著一股不容撼動的威嚴。「那裡，會有一位老朋友需要幫忙。」

第四章・地藏第一招

陽世。

歡慶蓉蓉清醒的宴會一直持續到深夜，原本打算吃過午餐再走的朋友，因為想聽蓉蓉的歌聲而留到了晚餐，而晚餐之後小靜被拱著多唱兩首歌，又留到了宵夜。

到了宵夜，更因為有了酒，周碧陽說要伴舞，阿山說要唱悲傷版〈松鼠〉，鐵姑喝醉了更大喊要挑戰〈夜雪〉，強哥決定現場創作，大家玩累了嗨翻了眼睛瞇了，就乾脆在客廳、客房或主臥隨意橫躺睡到天亮。

沙發上，躺著的是小靜，這一晚她好開心，因為蓉蓉回來了，而且還是她親手把蓉蓉帶回家的，所以她破例喝了好幾杯，從不喝酒的她，自然不勝酒力，在眾人喧鬧的歌聲中，悄悄地暈睡過去。

蓉蓉幫小靜蓋上棉被，頭靠著她的肩膀，也跟著睡著了。

鐵姑低沉有力的歌聲貫穿客廳，獲得本日最多掌聲後，也在電視旁睡著了。

強哥埋首在餐桌前狂寫詞曲，身邊一堆酒瓶，完成時大喊一聲：「傑作！這是老子這三年來最精采的一首歌！」隨即也趴在桌上睡著了。

歌唱比賽的選手們，來自四面八方的朋友們，醫院認識趕過來一同慶賀的人們，都各自找了最舒適的角落，睡著了。

當然，還有小風。

她喝了幾杯，感受著已經多年未曾感受過的狂歡與夏日音樂，然後靠在小靜另一側的沙發上，跟著睡著了。

入睡後，她作了一個夢。

夢裡，有個令她懷念的高眺纖瘦身影——琴。

琴正趴在一棟超大建築物內，四周滿是昏倒的士兵，然後她的背後蓋滿了手，真的是手，乍看之下有點可怕的場景，再定睛細看卻又沒那麼可怖，因為那些手的動作很溫柔，像是陽光般照耀在琴身上。

而琴，也和小風記憶中的模樣相同，纖瘦的背影，透著一股孤單與驕傲，那是能讓擁有超強領導能力的小風都忍不住想停下腳步靠近的一股氣息。

但夢境中的場景一下子就切換了。

又是那條透明的龍，曾經吞噬自己的透明之龍，小風感覺到自己正在龍的肚子裡，此刻，小風覺得自己變成了一團發著淺淺綠光的東西，有如螢火蟲般散發著光芒。

而且小風發現，在龍的肚子裡，全部都是像自己一樣泛著淺綠色光芒的東西。

每個綠色光點都有自己獨特的移動方式，有的像是一種舞蹈，有的則像一種書寫的文字，有的更像是一種心願。

對，就是心願。

小風感覺到，這些被龍吞噬的小綠點，都是一個心願，一個意念形成的……咒。

但是，如果小綠點就是心願，那自己呢？小風忍不住感到困惑，那夢境中變成小綠點的自己，難道也能跳著神秘的舞蹈，在空中謄寫出神秘的文字，訴說出一種心願嗎？

想到這裡，小風忽然感應到周圍的環境改變了。

一道明亮且寬闊的光從上方照射下來，小風猜測，也許是袋口打開了。

而且不只如此，還有一道溫暖慈祥的聲音，傳了過來，吸引許多小綠點開始移動。

小風的這個小綠點卻沒有移動，因為她知道，這聲音與自己並無一絲關聯，也沒有任何的羈絆。

那聲音溫柔地叫喚著。

在小風聽來，那聲音像是在說著星星，說著穴位，說著自己的承諾。

然後她看見這數萬個光點中，有一個產生了反應。

它的光芒變得燦爛，舞動變得雀躍，速度更是變得無比快速，有如一隻渴望回巢的幼鳥，朝著上方的袋口疾飛而去。

小風笑了。

好羨慕啊，真羨慕這小綠點能回家。

而當小綠點飛出袋口時，小風聽到了一個聲音，那聲音是如此說著……

「星穴回歸。」那女音低沉卻迷人，「我，周娘，終於取回自己的技了。」

陰界，僧幫大會堂之內。

戰局凶險程度在此刻大幅提高。

因為饕梧動了。

擁有幾乎無限吞食能力的牠，不斷擺動身軀，愈是擺動身體就愈是巨大，直到幾乎是一棟四層公寓般，然後張開了牠的大嘴。

嘴好大，散發出各式各樣濃厚的氣味，那氣味未必是單純的惡臭，反而更像是擁有繁複生態系所散發的氣味，充滿生命力的複雜氣息。

大嘴朝著牠此刻看到的唯一目標，也就是唯一可能餵飽牠的人而去，擁有千隻手的地藏。

「餓了吧？去把那些手吃光光，就會飽嘍。」太陰星月柔笑，「饕梧，開動嘍！」開動嘍！

這一秒，饕梧張開了嘴，大嘴像是颱風眼般，不斷吸入散落的千手觀音，一邊吃一邊氣勢萬千的靠近地藏。

「妳的饕梧長這麼大了啊。」地藏眼睛眯起，「吃我這瘦老頭乾巴巴的老手，怎麼會好吃呢？」

「牠可不是這樣說的呢。」月柔微笑，「牠說，你的手是牠吃過最美味的東西之一，能量充沛，口感很溫和呢。」

「是這樣嗎？這麼不挑食？難怪可以長得這麼大。」地藏手一揮，「但老衲這把瘦骨頭，養不起你這頭餓山豬，得想辦法阻止你進食了。」

當地藏的手揮過，千手觀音再次開始移動，湧向正低頭狂吃的饕餮，上百隻手拉住了饕餮的上唇，上百隻手壓住了饕餮的下顎，就是不讓饕餮閉上嘴巴把食物吞入。

「吼！」饕餮發出怒吼，擁有萬斤咬合力量的上下顎不斷掙扎，企圖要把嘴巴閉上。地藏的千手觀音前仆後繼而來，饕餮的吞食之力雖然驚人，能吃下整座大山，吞下整片湖泊，但地藏的千手觀音不只有力量，有道行，更有運用這兩者的技巧，上百隻手，運勁於指尖，指尖扣住饕餮上下顎肌肉與神經的位置，以極度強勢的力量抑制了饕餮的大嘴。

大嘴扭動了幾下，吼聲震動整個大會堂，但是，嘴巴終是動彈不得，只能像個等待牙醫的小孩，無奈地張著嘴巴。

「唉唉唉，地藏你真是的，這可是太陰星月柔可愛的小寵物豬呢，價格絕對破億，這麼粗魯地對待不行啦，來來來。」太白金星露出邪惡的笑，「讓錢伯伯來幫你。」

說完，太白金星雙手連連揮動。

一張又一張的支票，從他手心射出，射向了饕餮嘴中的千手觀音，每一張支票都是十萬元起跳。

當年太白金星擁有的正是以支票引爆的能力，炸出滿天煙火，更曾將琴、柏與橫財炸到重傷，如今他揮金如箭，發動了這次反擊。

支票彷彿有著強大的磁力，噗噗噗噗，快速貼上了正在拉開饕餮大嘴的百來隻手。

「支票，兌現嘍。」太白金星呵呵一笑。

說完，支票瞬間化成燦爛凶猛的火焰，把一隻又一隻的手炸成碎末。

數十隻手被支票炸碎，饕餮的下巴又開始顫動，又開始要繼續吞噬，繼續啃食地藏的千手觀音。

「太白金星，談錢依然很傷人呢。」地藏雙手合十，吐出了一口氣。

「好說好說，」太白金星用鈔票搧了搧風，「這次要和地藏您打，成本總是得下多一點，不是嗎？」

就在這一來一往的對話之中，地藏千手觀音的手已然補上，再次撐起了饕餮的大嘴，但太白金星手上的支票也不遑多讓再擲了出去，千手觀音的手，又一次被炸開，而饕餮的嘴巴在來回的僵持中，慢慢地閉上，又慢慢地打開。

局勢陷入僵局，躲在一旁觀戰的琴，看著月柔，忽然心念一動。

「手，」琴一時間不知道怎麼稱呼正待在她旁邊的那隻手，「要小心這女人。」

『怎說？』手擺出了一個問號的姿勢。

「她如果就像是我記憶中那個人，嗯，她好像有條蛇，會隱形，就怕會藉機偷襲地藏。」

『放心，地藏不懼，但還是謝謝妳的提醒。』這隻手像是在鞠躬般，點了點食指。

「不客氣。」

就在琴想到月柔可能施展暗殺手段之時，眼前的戰況果然有了變化。

地藏像是預測到什麼似的，身體微微一動，然後地藏脖子附近的群手，突然騷動起來。接著數隻手突然轉黑，跟著發腫破爛，這些手的手背上多了一對尖銳小洞。

那是蛇的毒牙牙印。

沒有任何聲息，沒有任何跡象，那是有如隱形惡鬼的一波奇襲。

「偷襲沒有成功呢。」說話的是月柔，她臉上依然掛著淡淡微笑。「可惜了，被隱蝮的毒牙咬中可是很過癮的喔。」

「十二陰獸，饕牾與隱蝮。」地藏臉色依然平和，「太陰星月柔果然不負馴獸師之名，竟能同時駕馭兩大陰獸。」

「不過，地藏啊，」月柔臉上浮現了崇敬的笑容，「陰界傳言你有三招，千手觀音只是第一招，身為主星之一，如果沒能引出你的第二招，豈不丟臉？」

「是嗎？」地藏淡然一笑。

「當然是，就請你好好地品嚐……」月柔輕舞雙手，向她手下兩大陰獸下了指令。「我的雙重攻擊！饕牾狂暴攻擊，與隱蝮寂靜暗殺！」

兩大主星的雙重攻擊，威力確實非同凡響。

在地藏面前，有一座巨大如山，不斷扭動下巴，隨時要吞噬一切的飢餓之獸饕牾。

身邊有一條無跡無蹤，擁有一口致命毒牙，伺機偷襲的白蛇隱蝮。

每當地藏以千手觀音之術，阻擋這兩大陰獸的攻擊時，太白金星的支票炸彈，就會如影隨形地炸開群手，逼得地藏的防守出現缺口。

兩大主星的合作，確實讓一路以來游刃有餘的地藏，罕見地在戰局上陷入了劣勢。躲在一旁的琴，好幾次握緊雙拳，想要衝出去幫這位老人家一把。

但琴的激動，卻被一旁的手，溫柔地安撫下來。

『地藏，不會有問題的。』

「真的？」

『看好嘍，地藏要反擊嘍。』手這次五指曲握成拳，表示攻擊時間已到。

「月柔，妳說要看看我的第二招。」地藏雙手合十，淡然一笑。「那得先看看你們能不能接下，我千手觀音的十成功力啊！」

我千手觀音的十成功力啊！

話才剛說完，整個大會堂微微晃了一下。

一時間，地藏的周圍，包括地板、天花板和牆壁，全都出現了手。

這些手，像是滔天巨浪般撲向了饕餮，然後嘩啦嘩啦一口氣灌入了牠的口中。

「自己送死嗎？哈哈哈。」太白金星大笑，「你是嫌饕餮吃不飽，所以要餵牠嗎？」

「不！」月柔的臉色卻在此刻驟變，「停止。停止進食，饕餮！」

手從四面八方湧來，氣勢滔天，不斷灌入饕餮的嘴中，但饕餮有辦法停止進食嗎？牠的上下顎被地藏硬撐開，根本無法閉上，牠只能一直吃，一直吃，無法停止地一直吃！

「太白金星，炸了那些手！」月柔轉頭，眼神憤怒。「快！」

「是是是，這不就馬上來了嗎！」太白金星感受到月柔的怒氣，他的雙手出現十張、二十張、三十張的支票，支票面額毫不客氣地超過二十萬，然後這些支票在空中竄動，撲向了有如海浪般的千手。

手實在太多了，太多了，幾個支票炸彈炸下去，竟然減少不了多少，手仍繼續湧入無法閉嘴的饕牾口中。

「停啊！」月柔大叫，「地藏十成的千手觀音，能量太強了，饕牾吃不下來啊！隱蝮，動手！地藏的周圍，現在沒有任何一隻手在保護他！」

這隱形的殺手精準地接收到主人的指令，在空中微微游動幾圈，就朝著地藏後頸處咬了下去。

隱蝮的隱形能力非常高明，不只能遮蓋行蹤，連道行都可以一起斷絕。

就連當年天缺老人，也是用上巨門之鎚，不斷震動大地，才硬是逼出隱蝮的行蹤。

如今，地藏周圍沒有半隻手，所有的手都被拿去灌入饕牾的大口，讓隱蝮終於得以沒有任何阻礙，直接找上地藏周身最薄弱之處，張開牠的血盆大口，鋒利的毒牙映著光芒，咬了下去。

「咬下去！」月柔低吼。

然後啪的一聲，傳來非常細微，卻又如此清楚的低響。

地藏的右手往後一捏，看似隨意，沒有任何虛華的招式，只是這樣簡單的往後一捏，就這樣精準地掐住隱蝮的七寸。

這是地藏第一次用上自己真正的雙手，也正因為如此，隱蝮沒有任何逃脫的機會，就被捏住了咽喉。

隱蝮張開口，牠看著地藏的後頸，那隱隱的青色血管就在眼前，牠想咬，卻根本動不了。

「乞丐抓蛇，僧人不抓蛇，但並不表示僧人怕蛇喔。」地藏右手輕輕一甩，隱蝮頓時朝著月柔被甩飛過去。

月柔急忙伸手接過隱蝮，只見隱蝮全身顫抖，縮成一圈，隨即隱形消失。

月柔一方面見到隱蝮毫髮無傷而鬆了一口氣，一方面感到無奈，因為她知道，隱蝮這條專使暗殺之蛇，就算未死，但受到如此強大力量的驚嚇，短則半年，長則三年，只怕都不敢再戰鬥了。

而另外一頭，饕牾呢？

千手觀音的手，已經全部都流入了牠的大口中。

連原本抓著牠上下顎的手，都一起衝入牠的口中。

剛剛還猛烈扭動著下顎，想要拚命吞食的牠，如今卻張大著嘴，朝著天空發著愣。

「吃飽了。」月柔走到了饕牾旁，輕輕拍了拍牠巨大的身軀。「我知道你吃飽了，就休息吧。」

吃飽了，就休息吧。

然後，饕餮喉嚨中發出不知道是開心、疲倦、痛苦或是單純飽嗝的巨大聲響，轟隆轟隆轟隆，持續了兩三分鐘，等到聲音慢慢低下，終於饕餮緩緩倒了下來。

睡著了。

千年的歲月，終於飽了。千年的飢餓終於結束，能好好睡上一覺了。

「一口氣釋放你的千手觀音，讓從未吃飽的饕餮吃飽？」月柔走到了饕餮旁邊，伸手撫摸著這頭巨大山豬，山豬起伏的身軀表示牠正在熟睡中。「地藏，真有你的，我都不知道該氣你？還是感謝你。」

「不過，」月柔看著地藏，「你一口氣把千手觀音的能量釋放，代表你已經沒有手……咦？戰場上似乎還殘存一些？」

月柔看了一眼琴所在的位置，而琴躲在那堆手下，心臟噗通噗通地跳著。

「不過為數不多，不造成威脅。」月柔的注意力回到了地藏身上，這個雙手合十，面容總是平和的老僧。「這代表您已經用盡了第一招的力量？」

「是的，老衲的千手觀音力量，已然用盡。」

「那豈不表示，你要使出第二招了？」

「是。」

「那太好了。」月柔閉上眼，身體的道行逐漸凝聚。「人們總說，女獸皇月柔最強的能力來自陰獸，但也只限於陰獸。我要說的是這是錯的……」

「嗯。」地藏的眼睛，微微睜開了，他看著女獸皇月柔。

「當年敢追逐千百隻陰獸，踏上陰界無人荒土，與各式各樣危險陰獸戰鬥的女人。」月柔的道行愈來愈強，愈來愈猛烈，竟有如一團即將來臨的暴風雨，讓整座大會堂陷入一片灰暗之中。

「才是我，女獸皇月柔的真面目啊！」

說完，月柔長出巨大翅膀，身體壯大了十倍，雙手形成獸爪，雙腳化成獸足，但身材依然火辣迷人，臉孔依然美麗高雅，然後翅膀一振，盤旋上了天空。

在空中每一下振翅，都牽動大會堂的空氣，讓人耳朵發麻。

「能見到女獸皇的真身啊，確實是老衲榮幸。」地藏再度垂首低眉，但他的手心，卻已悄然握住了一個物體。

圓珠狀，有細繩串起，共有九顆，正閃爍著藍色、金色和紅色等深沉卻又截然不同的光芒。

地藏的第二招，即將現世。

時間，回到數百年前，曾有一名七殺星，其名無斷居，他在陽世是一名平凡的菜市場小販，死時也是平淡無奇，被分配到陰界賣酒，過著足以溫飽但發不了大財的日子，平淡且舒服。

他最大的樂趣，就是唱歌。

在陽世時他就愛唱歌，沒事愛哼歌。走路哼歌，洗澡哼歌，騎車哼歌，連在椅子上閒坐著，也都不自覺地會哼起歌。

他愛哼歌，渾然不覺當他哼歌時，周圍總會發生一些細微但不可思議的事情，像是原本激情熱烈的男女忽然冷淡以對，憤怒咆哮的流氓突然低頭認錯，或是原本心懷死念的人突然站在橋邊自言自語：「咦？我幹嘛站在這？我想跳下去嗎？我幹嘛這麼想不開？我撞鬼了嗎？」

他的歌，不帶善，不帶惡，卻帶著一股洗淨鉛華的淨，與深沉無光的冰冷。讓人忘記了情緒，忘記了恨，也忘記了愛，變成了純然的冷漠。

一旦無斷居將自己的情緒放入歌中，就會產生與自己情緒共鳴的漣漪效應，一圈一圈往外擴散，若碰觸到對的人，甚至可能引發大浪。

幸好，無斷居只是喜歡唱歌，對操縱環境或影響他人這件事毫無興趣，所以他只是唱歌，盡情地享受唱歌。

而他最忠實的聽眾，小他一歲，是他隔壁的菜販，名叫滴火。

滴火賣的雖然是蔬果，但卻練就一手極為美妙的刀工，削下的鳳梨皮可以透光而且從頭到尾能連成一線而不斷裂，削西瓜時更可見他刀起刀落，最後西瓜化成一條紅綠相間的龍。

有人驚嘆他刀工的高明，問他為什麼不去切魚，因為切魚要挑除內臟，更能把他出神入化的刀法發揮到極致。

但他笑著搖頭，「古代有個刺客叫做專諸，他為了刺殺吳王，用練習烤魚的方式，整整切了三年的魚，最後還是死了，所以切魚不好，切水果比較安全。」

其他人聽了無不莫名其妙，切魚和古代刺客有啥關聯？

「這一切，都來自於一本叫做《鑄劍師》的書。」滴火微笑，「這本書文筆不怎樣，卻是一本非常好的醒世讀物，讀完後讓我精神百倍，頓悟人間至理，從此過著愉快的生活再也沒有煩惱。」

無斷居與滴火攤位鄰近，平常互相照顧，一人去撒尿另一個人就顧攤，一人溜去小賭，老婆查勤時，另一人就幫忙掩護，他們兩人個性天差地遠，滴火熱愛嘻皮笑臉胡亂說話，無斷居平時冷若頑石獨愛哼歌，卻成為了相交三十餘年的兄弟。

兩人的好交情，雖然沒有同年同月同日生，卻不幸地在同年同月同日死於同一個事件，那是一場意外，一個喝多了的官二代，平時作威作福，喝了酒之後拿刀亂砍，無斷居為了保護其他人，朝這混帳的官二代反擊，看似高瘦的無斷居，力氣其實異常的大，從後勾著官二代的脖子，竟然硬生生將官二代給勒斃了。

官二代的父親震怒之下派人要殺無斷居償命，而滴火為了幫兄弟出頭，一陣混亂中，滴火和無斷居在同一天慘死在官差刀下。

進入陰界之後，兩人繼續當好友，只是兩人卻有截然不同的境遇，無斷居賣酒，而滴火卻因為愛刀，進入了道幫。

十年之後，滴火所鑄的刀劍威震陰界，一切昭然若揭，他是——巨門星。

但無斷居卻沒有任何野心，依然哼著歌，賣著酒，當個不成氣候的小陰魂。

滴火仍是無斷居最好的朋友，滴火甚至也替無斷居打造了一把刀，但刀卻並未開鋒，和一根鈍鐵沒啥兩樣。

滴火問無斷居想不想替刀開鋒，無斷居搖頭。「我既然沒有想殺之人，何必替刀開鋒？」

「有人說，星星之間會互相吸引，老兄弟，我猜你也是一顆星。」滴火此刻已然是道幫之主，地位崇高，一身華麗衣著，周圍都是攜帶古怪兵器的黑衣保鏢。

「是不是星，一點都不重要。」無斷居替滴火倒了一杯酒，露出溫和的笑容。「既然來了，喝一杯，咱們再唱點小曲？」

「唱點小曲有什麼問題。」滴火大笑，「來找你，就是要和你一起唱曲子啊。」

於是，兩人就在一杯又一杯的薄酒，與一首又一首的歌曲中，過了他們老友平凡的一晚，而這一晚，卻也是他們相聚的最後一晚。

因為，滴火回去的路途上，被人追殺了。

尊貴的主星，在紫微授命下，遭王魂圍攻，最後重傷逃到了無斷居的酒攤，無斷居看著自己從陽世到陰界，相識超過一甲子的老兄弟，他抱著滿是鮮血的老友，嘴裡還是哼起了歌。

溫柔的，呢喃的，嘮嘮叨叨的，唱著屬於他們兩人的歌。

而在這歌聲中，滴火受傷的臉不再猙獰，他露出淺淺微笑，垂下頭，從此斷氣。

於是，無斷居緩緩起身，拿起那把滴火所贈，始終未曾開鋒的刀，插入滴火的身軀，滴火的血浸滿了刀身，無鋒的刀竟然亮起血紅色的光芒，變得鋒利無比。

「七殺。」無斷居的嘴裡，吐出這兩個字。「從此，你就叫七殺刃吧。」

也是這一晚，無斷居提著七殺刃，一路殺入政府，一開始用刀有些生疏，他身上因此帶了不少傷，直到當他在揮刀時，忍不住做了一件他常做的事，戰局頓時逆轉。

那就是，哼歌。

無斷居在刀光劍影，鮮血亂濺的圍攻下，下意識地哼起了歌。

歌聲中，奇異的事情發生了。

這些政府中的高手，臉上露出詫異的神情，驚喊著：「我的技！我的技不見了！」然後一個閃神，就被七殺刃貫穿了身軀。

七殺刃吸了血，刀身變得更紅，刀鋒變得更利，連帶讓無斷居的力量，變得更強大也更凶暴。

然後，無斷居就這樣不斷地殺，不斷地哼歌，為了替滴血報仇，一連殺了超過千人。

其中有星格的人，更超過三十人。

這一路的屠殺，讓無斷居有了追隨者，他們以猴子自居，但無斷居並沒有特別搭理他們，對他而言，重要的東西只有三樣，那就是滴火的仇、手上的七殺刃，以及嘴裡哼的歌。

於是，猴子們就藏在無斷居的周圍，替他清除偷襲與陷阱，並享受著殺戮的樂趣。

這一路殺戮，從地方殺到黑幫，再從黑幫殺入了政府，無斷居不做挑選，誰擋他，他就殺誰，而被他殺的人的親朋好友為了報仇，再來找他，又被他所殺，仇恨於是不斷累積，變成了千絲萬縷無法剪斷的仇恨之網。

而就在這仇恨之網蔓延了整個陰界，即將吞噬這個世界時，終於，有一個少年站了出來，擋住了無斷居的路。

這少年剃著光頭，穿著灰色僧袍，他是一個僧人。

「無斷居施主，你這樣一路殺過去，非但沒殺到你好友的仇人，還枉死了不少無罪之人啊。」此人雙手合十，站在無斷居之前。

「啦啦啦。」無斷居再次哼起了歌，手上的刀，同樣在空中揮舞。

不過這一次，無斷居感覺到稍有不同，手上的七殺刃，刀速比以往更凝重，刀體更隱隱抖動。

無斷居這些日子與此刀朝夕相處，他感覺到七殺刃的異常，這異常……與其說是害怕，還不如說是，興奮！

渴望戰鬥的戰士，遇到足以使出全力，而且還未必能取勝的對手？

這僧人是誰？連張狂如七殺刃都認同的少年僧人是誰？

「你，是誰？」無斷居罕見地停下了刀，問起了眼前男人的名字。

「我嗎？」那少年僧人笑了，「我叫做，地藏。」

「星格？」

「太陽星。」地藏說完，背後嘩的一聲，出現了千隻威武的手。

「華而不實。」無斷居又哼起了歌，手上的七殺刃像是衝出籠子的猛虎般，直劈向眼前少年。

千隻手，在數刀之後瓦解，七殺刃已吸了千名高手的血，它的每一刀，威力都足以毀去上百隻手。

「好凶惡的刀，好神奇的……歌聲？」地藏退了，噔噔噔連退了三步。

「不過爾爾。」無斷居挺刀而進。

「只有一招不敢來擋你的路。第二招，更是受人之託而來。」地藏雙手的周圍，出現了九顆珠子。

每一枚珠子的顏色都不相同，但都散發同樣深沉龐大的氣。

「這也是……」無斷居的刀，再次停了，這一次停不是因為手上的七殺刃，而是他自己，因為他感覺到了那無比熟悉的氣息。「滴火所鑄？」

「是的，委託者亦是他。」

「放屁，滴火已死。」

「是的，這是他生前的委託。」地藏手上的九枚珠子亮度愈來愈強，不斷環繞著他合掌的掌心。「他鑄完七殺刃之後，又耗盡心力鑄造另一件兵器。他說，七殺刃雖然無鋒，但若開鋒，將成為舉世凶兵，屆時一定要有一兵器能和緩其殺氣。」

「滴火……」

「於是，他鑄了這九珠，並與我共同命名為……菩提九珠。」

「菩提九珠？」

「是的，而他的委託，」少年地藏如此說著，「就是用這菩提九珠壓制七殺刃，並且，將他的好友帶回來。」

「帶回來？帶去哪？」無斷居愣住，神情茫然。

「帶回那個，賣著小酒，唱著小歌，無憂無慮的老朋友那裡。」

「是這樣嗎？」

「就是這樣！」少年地藏雙手張開，九顆菩提珠就在他的身邊，如行星環繞太陽般優雅運行。

「七殺刃！」無斷居的刀沒有招式，他能殺這麼多人也全靠他毫無招式，無招，所以無軌跡可依循。

面對這麼奇怪的對手，無斷居選擇了最簡單的攻法，就是一刀。

全力出擊的一刀。

鏘然一聲。

這個奇異的聲響，悠悠長長地傳入了政府，傳入了各大黑幫，引起各大高手忍不住仰起頭，側耳聆聽。

然後，一切又歸於平靜。

清風拂月般的平靜。

就是這一晚，無斷居終於停下了他漫長的殺戮之途，從此自陰界消聲匿跡。

也是這一晚，少年地藏的名聲大響，這一響就是八百年過去。

時間，回到現在。

太陰星月柔背後長出白鷹的巨大翅膀，有如天使幻獸，在大會堂的上方盤旋。

地藏的周圍，則環繞起九枚珠子。

深藍如水、亮黃如金、熾紅如火、厚實如土、碧綠如葉、燦藍如晴、寂冷如灰、深墨如黑，還有一枚，充滿各色繽紛，豐饒美麗難以描述。

這九枚珠子，有如行星守護著太陽般，環繞著他。

「十大神兵？」破軍感覺到掌心的「破軍之矛」正在躍動，是見到同級兵器的亢奮。

「菩提九珠？」天相眼睛微微瞇起，他懷中的「天相鼎」，同樣也因此而微震著。

同樣的，琴也在一旁讚嘆，「神兵的力量好強，我的雷弦……天啊，我可能發揮不到它原本威力的三成。」

「菩提九珠！相傳地藏手握十大神兵之一，那是一串佛珠，相傳數目是十顆，原來只有九顆還是把地藏也算進去了？算了不重要。」貪狼黑白無常雙目中透著厭惡的殺氣，「氣息這麼純正，這麼正氣凜然的兵器，真令人討厭啊！」

「十大神兵又如何？」太陰星月柔一個盤旋，由上而下俯衝了下來。「看我萬獸之力！」

此刻的她，已經將自己獸化，也就是說，她將擁有S級陰獸的破壞力！

「白鷹翅！」月柔由上而下，向地藏俯衝，速度之快，竟是眨眼即至。

同時間，她右爪陡然伸出，爪尖如刃，其鋒利程度足以切開鋼鐵硬石。

「巨狼爪！」

狼爪揮動時，傳來撕裂空氣的尖嘯聲，更帶起了如同颱風般的狂風，抓向了地藏。

鏘的一聲，震耳欲聾。

爪子竟然像是撞上了某種無比堅硬的物體，整個後彈。

「這是什麼？」月柔雖驚不退，緊接著她揮起了另一隻手，緊握成拳，有如一團鋼硬的鐵球。

「穿山尾。」月柔右手如鎚，威力萬鈞，在空氣中撞擊出一波波無形的震波，擊向地藏。

只見地藏身形依然不動，鏘然一聲，又是相同冷硬的撞擊聲。

穿山甲之尾硬是回彈，強大的後座力帶著月柔往後退了數十公尺，在地面上磨出長長擦痕，才勉強停下。

「很好，愈是難攻，愈激起老娘的鬥志！」月柔用力吸了一口氣，背後翅膀再展，翱翔上了天空，然後急遽下墜，這次展開攻擊的是她的雙足。

「怒馬蹄！」

擁有上萬噸重威力的大蹄，轟然擊向了地藏身軀，周圍的空氣因為這一踩而引爆劇烈氣流，周圍捲起強烈旋風。

結果，卻又是那一聲低沉的碰撞聲。

月柔被強烈的反震力騰飛了數十圈，飛上了天空。

她在空中止住了退勢，發出震耳欲聾的怒吼。「正面攻擊沒用嗎？看我下一招！暴獅吼。」

暴獅吼聲音一出，頓時化成無形能量砲彈，無形無色，卻夾帶毀滅性的威力，攻向地藏。

音波威力四散，躲在一旁觀戰的琴，正想著該怎麼防禦，卻發現她身邊的地藏之手，已經蓋住了她的耳朵。

「謝啦。」琴小聲說，「你真貼心。」

同時間，暴獅吼攻擊已經到了地藏面前，然後一個古怪尖銳，長達數秒的摩擦聲過去，令人費解的事情發生了，因為，獅吼音波竟然反震回來了！

「見鬼了！」月柔再吼一聲，硬是破開反震的獅吼，然後身體轉了半圈，雙臂下緣透出鋸齒。「鋒利的爪沒用，強硬的尾沒用，重壓的蹄沒用，連吼聲都沒用！那換成高速呢？」

「高速雙劈之螳螂臂。」月柔的雙臂變成如同螳螂般的鋸齒，鋒利絕倫，朝著地藏，以媲美零點零零零一秒的高速，不斷來回劈斬。

鋸齒刀的速度實在太快，快到肉眼無法分辨，只見空中無數的弧形刀光不斷落下，全劈向了地藏。

噌噌噌噌噌噌噌噌噌噌噌噌噌噌噌噌噌噌噌噌噌噌噌噌噌噌噌！

短短三秒，月柔已經劈了七千九百五十一刀。

但，都沒破。

地藏依然合掌而立。

而月柔卻在近八千刀的縫隙之中，看清楚了究竟是何物抵擋了她的每一波攻勢。

是珠子。

那圓轉如意的九顆珠子，就在地藏的面前，來回滾動，將月柔所有的攻擊，都強硬的完全擋住。

九珠圍繞著地藏，有如九位沉默且強大的守護者，將一切攻擊都斷絕於外。狼爪的鋒利絕倫、穿山甲尾的鋼硬如鎚、狂馬的崩天巨蹄、威嚴戰慄的河東獅吼，甚至是快到能在一秒內將物體切成碎末的螳螂雙臂。

萬獸之力極強，卻都無法突破一絲一毫的九珠守護。

「菩提九珠！」月柔收起了雙刀，退了幾步，獸化所消耗的體力，讓她不由得氣喘吁吁。「好嚴密的防守，怎麼破？」

「變成野獸的妳，也沒變得多厲害嘛，嘻嘻。」這時，月柔旁邊出現了一個影子，他拿著一疊紙。「得換換我的法子了。」

「太白金星？」月柔斜眼瞪向一旁的男人，「你有什麼好法子？」

「我的方法只有一種，但絕對是陽世陰界通用最有用的方法，哈哈哈。」太白金星笑著，雙手再次金光閃閃。「那就是錢！錢不是萬能，但沒有錢，絕對是萬萬不能啊！」

「你的錢，什麼十萬、二十萬，甚至是一百萬的支票，有啥用？」月柔冷哼一聲，「不過爆炸的聲音大一些，火焰燒得高一些，哪有可能打開地藏這該死的第二招！」

「不不不。」太白金星搖頭，「地藏的第二招『菩提九珠』確實是十大神兵之一，價值絕對上億，但月柔妳太小看金錢的世界了！」

「什麼意思？」

「價值上億的東西，也可能瞬間瓦解，讓成千上萬人流離失所，讓世界金融停滯一整年，這就是金錢的世界。」太白金星笑了，「在陽世，確實存在一個具有如此驚人毀滅力的東西，人類給它取了一個有趣的名字。」

「什麼名字？」

「它就叫做：『雷曼兄弟』。」

雷曼兄弟，這名字曾經在陽世如雷貫耳，不，正確來說應該是惡名昭彰，它是一種債券，所謂的債券，就是人們以「一張紙」投資了「某樣東西」，但那東西人們看不到，摸不著，甚至連這東西是否存在都不確定。

假如說，那東西是一碗便宜的牛肉麵，很便宜，價值九十元。

有個商人來到牛肉麵店，買下這碗牛肉麵，然後做了第一件事，他做了債券，債券的名字叫做牛肉麵，商人並且準備了十張牛肉麵的債券，每張九元。

商人開始四處宣傳，不斷遊說這牛肉麵多好吃、多珍貴，受到吸引的人們就掏出腰包，買下其中幾張牛肉麵債券。

買下牛肉麵債券的人，為了能繼續將手上的債券增值，也開始四處兜售債券，其中一人懂得吹噓，把牛肉麵誇得天花亂墜，藉此推銷手上債券，此時，牛肉麵券的價格從九元漲到了九十元。

這時，又有一個聰明的商人（或是銀行家），他把一張牛肉麵做成了新的債券，叫做

「二代牛肉麵」，再次拆成十等份，每份還是九元。

這聰明的商人更有生意頭腦，他找來美食家，拍成短片，放上網路，引發部落客迴響，這債券繼續升值，二代牛肉麵一張從九元漲到了九百元。

換句話說，這碗牛肉麵此刻等於十張一代券、一百張二代券，而每張二代券價值九百元，一碗牛肉麵的「帳面價值」已經從九十元變成九萬元了。

因為牛肉麵債券增幅一千倍之故，獲利驚人，引來更多投資客，他們各有手法操縱漲跌，廣告、行銷、電話客服、路邊兜售、購買新聞乃至官商勾結。

牛肉麵也從二代券不斷增加到三代、四代、五代、六代……不知不覺已經長成一棵參天大樹，每根枝椏都是一款新的債券，但它們的根只有一個，那就是那碗牛肉麵。

而在大樹中，人們哄抬價格，交易買賣，賺取差額，每個人都拿著債券笑呵呵地說：你看我超有錢，我有這麼多債券。

此時此刻，市場上流傳的牛肉麵券已經高達千種，而牛肉麵的帳面價值甚至已經破億。

可是，有那麼一天，有一個人，真的走到了那家牛肉麵店，坐下來，好好吃了這碗牛肉麵，他嘆了口氣。

「不過就是一碗普通的牛肉麵嘛，」他說，「九十元差不多，嗯，看在它肉多放幾塊的分上，算它一百元好了。」

這一剎那，是的，也就是這一剎那，所有手握牛肉麵券，不管一代二代三代四代甚至是十代的人，都驚呆了。

如果說，這牛肉麵只有一百元，那我手上這張只有它十萬分之一的債券，又該價值多少？這張我因為被人遊說，花了畢生積蓄，買下的牛肉麵券又該價值多少？

它只有零點零零零一元，而我的一輩子的積蓄，瞬間來到零點零零零一元。

於是，這株大樹應聲而倒，化成透明消失的齏粉，只是陽世這次的大樹長得太高，枝葉太過繁茂，甚至連結到許許多多的其他大樹，當它倒下時……整個金融世界就像是被拋入一枚核彈，瞬間崩塌了。

這株曾經以虛名創生而出的大樹，曾經讓陽世金融世界大幅毀滅的債券，人們給了它一個有趣的名字。

什麼名字？

它就叫做：雷曼兄弟。

此刻，太白金星帶著獰笑，手握著他最後也最可怕的武器「雷曼兄弟」，來到了地藏面前。

他，要挑戰菩提九珠。

第五章・地藏第二招

黑暗。

沉默。

叮咚一聲，一個背影穿著一襲酒紅色長衣，此件酒紅色長衣剪裁得宜，每個細節的針線都車縫得完美無缺。背影踏入了便利商店。

他拿了一包可樂果和一瓶可樂，來到櫃檯。「微波，加熱。」

櫃檯那胖胖的店員看著這男人，身體不自覺地顫抖起來，牙齒格格地打顫。「你臉上這面具，所以你是……不行，不，不，不行。」

這男人的臉上，戴著一張古老的京戲面具，其色亦紅亦白，給人非正非邪的形象。

「你認得我這張面具？你也算是見多識廣，不愧是僧幫的守門者。」那人聲音清朗，但話語之間透著一股森然之氣。「不過，你既然識得我，一定也知道拒絕我的下場？」

「我、我、我知道，但我還是不能……做。」店員顫抖著，「我也要用我的方法，保護、我們家老大。」

「那你就完成你的忠誠吧。」那男人的手輕輕揮動，數條肉眼幾乎無法分辨的細線，嘶的一聲，穿入了櫃檯胖男人的雙眼、鼻子以及嘴巴。

然後噗的一聲，胖男人的五官全部被線綁住，然後皺成一團。

以陰魂來說，他可能沒死，但絕對僅存半條命了。

「很不幸。」那穿著酒紅色長衣的男人再次揮手，數十根線有如有著生命的細蛇，蜿蜒游入了櫃檯內側，窸窸窣窣聲中，它們拖出了一個物體。「那就是，我也可以使用這工具，對十四主星而言，這東西一點都不難。」

那物體，正是僧幫的唯一入口：不夜燈。

這酒紅色長衣男人，也是十四主星？他也要去僧幫？他是敵是友？他的到來，是否讓情勢產生新的變化？地藏與琴的處境，是否會更加危險呢！？

僧幫，大會堂裡。

「雷曼兄弟」這曾經吞噬數十萬人命的一紙債券，出擊了。

太白金星拋出了手上的那張紙，輕飄飄的，上面印滿了密密麻麻的黑字，也蓋著大小印章，包括規模很大的銀行章，乍看之下令人信賴的會計事務所章，威嚴十足的政府官防印章，這就是所謂的債券，一張掛滿了各式各樣保證的債券。

債券輕飄飄的，完全沒有之前十萬元、二十萬元，甚至一百萬元支票那種威風八面的氣勢，但它卻輕而易舉地飄入了地藏菩提九珠的防守範圍。

「好重好深的怨氣，」使出第二招以後，一直沉默的地藏，突然開口了。「這東西，肯定傷過很多人。」

「怨氣當然深重啊，它，可是雷曼兄弟債券呢。」太白金星笑得邪惡，「展現你那光華亮麗又紙醉金迷的姿態吧。」

這張紙，就在這一瞬間，燃起了火苗。

火焰初時很微弱，但卻沒有熄滅，而且愈燒愈旺，火焰不斷擴張，不斷放大，短短的幾秒內，就化成炙熱狂亂的火之牆，轟然一聲，竟將地藏與九珠全部吞噬了進去。

「月柔啊，我就和妳說，錢很好用吧。」太白金星笑，「地藏的第二招再怎麼擅長防守，也擋不住這種以錢養錢的攻擊啊。」

「是嗎？」月柔冷笑一聲，「我怎麼覺得，地藏的氣息，一點都沒有減損。」

「沒有減損？」太白金星冷哼一聲，他想說話，眼光卻忍不住看向了那堵雷曼兄弟打造出來的怨恨火牆，火牆之中，一個消瘦黑影正雙手合十穩穩地站著。

這人身邊九珠互相環繞，有如行星守護著太陽，又有如一個強而有力的陣法，將位居中心的地藏，滴火不漏地緊緊守著。

「傷不了你？我告訴你，這只是暫時的。」太白金星冷冷哼了一聲，「雷曼兄弟債券的力量並不只有爆炸力而已，它真正可怕的是……」

「是什麼？」月柔問。

「沒有盡頭。」太白金星如此說，「它用一個標的物創造出債券，再用債券創造出新的債券，新的債券又繁衍出更新更複雜更多樣化的債券，每個債券都會引爆一波炸裂，如同惡夢蔓延，病毒傳播，永遠不會停止。」

「不會停止……」月柔看向了那團不斷燃燒的火焰之牆，果然，裡面的火焰像是有生命的病毒體，不斷地分裂繁衍，然後愈增愈大，深陷其中的菩提九珠，所承受的壓力也隨之增強。

而這時，一直在旁邊觀戰的黑白無常也發出了咯咯的冷笑。

「雷曼兄弟，對，我記得這一招，這是金錢遊戲的頂峰，當年在陽世爆發雷曼兄弟事件後，不知道有多少公司倒閉，有多少人抑鬱而死，讓我們陰界生意變得很好哩。」白無常說。

「不只如此，後來太白金星做了實驗，他以雷曼兄弟為原型創造出來的火焰，丟到了東方的某個小鎮進行測試，結果該火焰不斷蔓延。」白無常說，「不只燒光了那小鎮和小鎮裡所有的魂魄，接著蔓延到隔壁城鎮，又燒光了裡面的一切，最後連燒了十一個小鎮，死了三十幾萬個陰魂才結束。」

「那次測試死這麼多人，我怎麼不知道？」月柔驚。

「怎麼會讓妳知道？妳和孟婆一樣多嘴，不，妳比孟婆好一些。」白無常冷笑，「她比妳更不合群，要不是她的『孟婆湯』與『記憶風鈴』是陰界與陽世之間不可或缺的把關工具，老子早就用索命鈴把她鍊入『無盡地獄』裡了。」

「這麼慘烈的測試……」月柔的眼神看向了站在遠處，面容嚴肅的天相岳老。「岳老知道嗎？」

「老大？老大當然知道，咯咯咯咯。」黑無常說話了，「因為那把火，可是他親自出手滅去的。」

「他明明都知道，但他卻，什麼都沒有說嗎……」

「太陰星月柔啊，天相星他老早就不是妳熟識的天相啦，咯咯咯咯。」白無常笑聲尖銳，「現在的他，可是和我們一掛的，遲早要統一整個陰界。」

月柔看著眼前不斷繁殖，不斷巨大化，又即將造成下一個毀滅事件的雷曼兄弟之火，再看向遠處凝視著這一切的岳老。

月柔的心，飛回了當年，在黑幫與政府大戰之前，他們還不是六王魂，那個他們仍是普通陰魂，連主星都不知道是什麼的年代。

那時的天相，沉默而憨厚，勇敢而可靠，曾是月柔認為最值得相信的男人，如今，卻準備隻手遮天，滿心要統一陰界。

這些年，天相，你到底發生了什麼事？

而她的耳邊，又繼續傳來白無常尖銳難聽的聲音。

「不過，太白金星用上這一招，這無窮無盡自我繁殖的火焰，就算地藏有陰界數百年來最強防禦的菩提九珠，能撐多久？一個小時？十個小時？十天？他終究會有極限，終究會耗盡全力而敗北的。」

「但就算這樣……」月柔咬著牙，幾乎是喃喃自語。「岳老還是讓太白金星使出了『雷曼兄弟』，而沒有提前阻止他？沒有阻止這個可能造成數十萬陰魂死亡的……毀滅性招數？」

「哈哈哈，傻姑娘，」這次的笑聲，不只是黑無常、白無常，甚至還有太白金星。「妳還不懂嗎?現在的岳老，早就不是妳知道的那個岳老了啦。」」

「是嗎？是嗎？」月柔喃喃自語，退了兩步之後，忽然間一個展翅，往上盤旋而去，然後她那驕傲的白色身影，竟然筆直地朝眼前的火牆俯衝而去。

「瘋了嗎？」太白金星一愣，伸手想要阻止她。「雷曼兄弟之火可是不分敵我的啊！更何況裡面還有地藏！妳就算不被火牆燒死，也會被菩提九珠打死啊！」

太白金星的手沒來得及阻止月柔，因為一隻陰冷粗黑的大手，拉住了太白金星。

太白金星愕然回頭，那隻手的主人，正是貪狼星黑白無常。

「這傻姑娘要滾入火中就讓她滾吧，將來有天政府統一了黑幫，這姑娘不認同我們的理念，遲早會是一個麻煩。」

「是嗎……」太白金星遲疑了一秒，手縮了回來。

他是聰明人，他可不想在這裡冒犯貪狼星，畢竟貪狼星可是政府裡僅次於天相的第二把交椅。

月柔就這樣帶著一股瘋狂的意念，衝入了眼前的火焰之中，雷曼兄弟之火確實很強，但對已經是主星等級的月柔傷害其實有限，所以真正危險的，是火焰中那被九顆珠子所保護的——地藏。

但月柔已經不管了。

她的左手呈狼爪，右手呈穿山甲之尾，雙腳呈馬之鐵蹄，嘴裡震出獅吼之力，而雙臂更是快速舞動成螳螂雙砍。

她要在這團火焰之中，再戰地藏。

戰一個她絕對不會贏，戰一個她早就知道最終結果的對象，只是，月柔在踏入火焰的最後一刻，她仍忍不住微微回了頭。

她的目光看向了那個站在後方，雙手負在背後，始終沉默以對的最終強者。

岳老。

他的眼神堅如磐石，看著月柔不顧一切的瘋狂，卻什麼動作都沒有，什麼都沒有……

這一剎那，月柔心中微微一痛。

然後她猛然振翅，衝進了一片亮紅的火焰之中。

這一剎那，岳老沒有動。

但動的有二個人。

柏，抓著破軍之矛，越過眾人，踏著風，以風劈開了熊熊火焰，想要拉回月柔。

但他只躍到一半，眼前出現了兩個人影，一黑一白，一持短斧一拿鎖鍊，抓住了柏往後拖去。

「黑白無常？」柏訝異，因為他眼角餘光看見，黑白無常明明就站在月柔與太白金星旁。

「回去！」在柏身邊的黑白無常，兩人力量一陰一陽，一剛一柔，相生相剋，將柏衝刺的力量全部抑制住，更將柏往後拖。

「黑白無常，對了，你們可以分裂！所以你們伏擊我！」柏怒吼掙扎，全力抵抗黑白無常的力量，但這短短的一秒鐘停頓，終究讓他不及伸手拉回衝入火焰裡的月柔。

當柏的行動受阻，另一個蠢蠢欲動的人，則不在人群之中，她藏身在手與昏迷的戰士下，她見到月柔帶著決絕的悲傷衝入火海，她也忍不住就要起身。

但隨之就被一隻手給壓了下去。

「讓我去。」琴語氣帶著焦急，「就算她是敵人，但她操縱兩隻S級陰獸，寬容大度，更為了陰界百姓而憤怒，不該讓她就這樣葬身於火中。」

『不會的。』手指輕舞，給了琴一個明確的答案。

「不會？」

『因為，我會救她。』

「你……」琴這瞬間還沒搞懂你和她之間代名詞的關係，眼前這片巨大的火牆突然發生了變化。

原本激烈洶湧不斷擴張，曾將數十個城鎮村莊燒毀，最後奪去三十萬人命的雷曼兄弟燎原之火，忽然微微顫動了一下。

「解開了。」太白金星低語。

「什麼解開了？」黑白無常看向火焰。

「地藏把菩提九珠的防禦解開了。」太白金星神情透著不可思議。

「那不代表，雷曼兄弟的火能傷到他了？」

黑白無常的問題並沒有得到解答，因為此刻始終沉默不語的天相星岳老，突然開口了。「原來你要這樣破這招啊，不愧是地藏，真不愧是地藏啊。」

不愧是地藏啊。

下一刻，火焰的顫動突然停了，像是被凍住了般突兀地停了。

那衝入天際的豔紅色巨大火牆，突然凍成深藍色的冰山。

不只如此，輕輕「啪」的一聲，被凍結的火焰突然出現了裂縫，裂縫不斷往外蔓延，最後轟然一聲如火山噴發般炸裂，伴隨著滿天飛舞熾紅色的火之碎片，將整個大會堂照成赤亮華麗的豔紅色。

當碎片飄然落盡，一名僧人雙手抱著一個女子，安然立於中心。

然後，僧人將女子輕輕放下。

「阿彌陀佛。」僧人正是地藏，他發出輕嘆。「女施主何必想不開呢？」

「你、你究竟是怎麼解雷曼兄弟的？」太白金星臉色慘白，「這、這可是我價值上百億的絕招！」

「我沒有解。」地藏搖頭，「我只是伸手拿下了這張紙。」

「怎麼可能？」

「太白金星你的支票為何會爆炸？因為兩個字：貪念。」地藏慢慢地說著，「金錢本身不會爆炸，是人的貪念當作引信，觸動了金錢的爆炸，這就是你技的真相吧？」

「你……」

「若無貪念，遑論是鈔票、支票或是債券。」地藏把手上的紙，放在手心輕輕搓了搓，頓時化成碎片從掌心灑落。「都只是一張紙而已。」

「你無貪念。」太白金星坐倒在地，全身頹喪得一如落敗之犬，嘴裡更是不斷無意義地低喃。「世界上竟然有無貪念之人？沒有貪念，金錢就毫無用處，對，金錢真的是萬能嗎？對沒有貪念的人，金錢有如廢土，毫無用處，對，那我的絕招就沒用了。不，不只是絕招沒用，我全部的招數都沒用了啊，哈哈哈，好一個無招勝有招！」

好一個無招勝有招啊。

而躲藏在手與戰士堆之中的琴，聽著太白金星失落的笑聲，忍不住低聲的自言自語：「沒有貪念，就不會被引爆，無招勝過有招？無招勝過……有招？」

這剎那，琴好像觸動了內心的某個部分，同時間，她感到體內的電能竟然擾動了起來，彷彿呼應著這瞬間的觸動。

而她身邊的手，似乎也感受到琴這瞬間的觸動，竟以指尖輕輕敲打琴的左肩後方，那裡正是電流匯集之處，下一秒，手指又敲了琴的右手胳臂，琴不自覺地就順著手指的敲擊點，將電送了過去。

接著，手指敲了琴的六處穴道，分別是後腰、左腿、右腳掌、腦門、左手手掌，最後一下，則收在雙眼的眉心。

當電流順著手指這樣繞了身體一圈，琴莫名地感到電量澎派起來。

一直以來，她幾乎以半自學的方式學習電能，唯一能依靠的是阿豚那奇怪的電路學理論，如今，在地藏千手觀音的這隻手敲擊下，她感到全身的電流比往常更豐沛，流動得更順暢，彷彿體驗了一場完美無比的按摩，全身精力充沛。

「你在幫我練功？」琴突然懂了。

『小事一樁。』手指這樣回比。

「外面在激戰，你還有餘裕做這件事？你、你是不是太閒了啊！地藏！」

『哈哈，一定得幫幫妳啊，不然浪費一塊好材料了。』

「好材料……」琴因為被地藏的手稱讚了，而微微臉紅。「你這樣說，我有點不好意思哩。」

『歷代十四主星中，足以挑戰太陽星者有四：天相、七殺、破軍以及武曲。』手這樣比著，『妳本應是足以與我一戰的角色。』

「可是，我不是武曲……」

『妳該再去找長生星一次。』

「什麼意思？」

『長生星辨星如神，絕對不會錯，但並不表示他一定會照實……』手比到這裡，忽然停了。

「照實怎樣？」琴追問。

地藏之手的動作突然停了，琴先是一愣，隨即像是明白什麼似的將目光轉向了外側的戰場。

戰場上，戰局果然發生了變化。

地藏的周圍，竟然密密麻麻站滿了人。

而且這些人樣子很怪，因為這麼多人竟然只有兩種樣子，一種全身黑衣，粗獷霸氣，正是黑無常；一種全身白衣，高瘦妖邪，正是白無常。

一黑一白，如同複製貼上般，完全一模一樣，團團圍著地藏。

雙方動也不動，陷入僵持。

琴看著眼前的地藏，以及身邊動也不動的手，這是她第一次感覺到地藏的氣勢升高了，也就是說，地藏比之前更慎重了。

因為對方是貪狼星，黑白無常嗎？

然後，琴聽到貪狼星發出尖銳的笑聲。

「誰叫你要解開呢。」白無常笑得陰冷，「為了一個求死的敵人而解開你的菩提九珠，真是太蠢了啊，真難想像你是怎麼活到八百歲的呢！」

「這倒是個好問題。」地藏神情依然平靜，「我也也常常這樣問自己。」

「你既然讓我進到了足以攻擊你的範圍內，我一定不會讓你失望，馬上就讓你解脫！」這次說話的是黑無常，「嘗嘗我的絕招，無限分裂吧！」

下一秒，數百個圍繞著地藏的黑無常與白無常，舉起了雙手，發出嘶吼，同時動了。

與剛才千手觀音的狀況完全相反，這一次，換成地藏被圍毆了。

§

貪狼星黑白無常，危險等級八。

在陰界，掌握警察系統的他，幾乎就是一本警察惡史的寫照，他貪婪、奪取、陷害、邪惡，他荼毒陰界百姓，為了取得財富和權力不擇手段。

他的技，名為「無限分裂」。

能夠不斷複製自己，不斷增生自己，讓他可以到處為惡，每場惡行都有他的影子，同時間也等於賦予自己不死的能力，若是在激戰中喪命，或是遇上正義之士犧牲自己想殺他，結果都是枉然。

因為，只要沒有殺光所有的黑白無常，就算只是留下一個，也等於沒有殺死他。

如今，他即將面對位在陰界強者頂端，太陽星地藏。

黑白無常取得了這場戰役的第一個優勢，那就是地藏自行解開了十大神兵菩提九珠的防禦，最強防禦被暫時卸下了，這會是黑白無常的最佳機會。

一個逆天殺佛的機會。

「我，不會給你機會使用菩提九珠的！」黑無常怒吼，「動手！」

這聲動手之後，數百名的黑無常與白無常，源源不絕衝向了地藏，看似瘦弱的地藏，臉上卻浮現了若有似無的微笑。「套句剛剛太陰星月柔說過的，這些年，人們總以為地藏只有三招，其實，我很愛運動的。」

「運動？」

「上了年紀，愈運動會愈健康喔。」

下一秒，地藏維持雙手合十的姿勢，一個側身，避開了抓著短斧衝來的黑無常，然後他腳往前一踩，身體前傾，又避開了白無常的鎖鍊。

動作看似緩慢有如公園中運動的老人，地藏身體後仰，剛好躲開下一個黑無常橫切而來的短斧，頭一歪，又恰巧避開從上而下直面而來的白無常鎖鍊。

接著，再見到地藏雙手合十，身體往後退兩步，避開正前方黑白無常聯手的攻擊，腰部往左扭，避開右後方黑無常的偷襲，右腳抬起，下面甩來的鎖鍊剛好從腳底擦過。

然後地藏繼續往右走一步，往後再走一步，周圍從四面八方，有如繁花點點的各種致命攻擊，他竟然靠著公園老人的體操動作，完完全全地，躲過。

數百個黑白無常瘋狂進擊，竟然，一次都沒有擊中地藏！

就這樣，幾分鐘過去，當數百個黑白無常已經使出了無數次攻擊，累積無法計數的圍攻，竟然全部都撲了一個空。

「年輕真好，竟然攻勢如此頻繁，讓我沒有時間可以使出菩提九珠。」地藏微笑，「不過動一動挺舒服的呢。」

「你這混蛋地藏！很會閃躲嘛！」黑白無常超過百人的聯手攻擊，他們同時怒極反笑。「但，我的無限分裂的力量可不止於此呢。」

「老衲相信。」地藏再次微笑。

「那就用上百分之五十的力量吧！」黑白無常們再次開始湧動，數目更是隨著每次湧動大幅增加。「二乘二乘二乘二乘二再乘二，二的九次方，五百三十二個黑白無常！」

五百三十二個黑白無常數目驚人，將地藏團團圍住，然後，下一秒，一件令人驚駭的事情發生了。

所有的黑無常，竟然聚在了一起！

不，不是聚起，而是完全融合成一個了。
融合成一個體積有原本黑無常五百三十二倍，如同巨人般的黑無常。
「我的天。」琴咋舌，這是什麼技啊，太瘋狂了吧。
而這個巨大黑無常身高至少兩百公尺，頭部已經頂到了大會堂的屋頂，揮動手上的短斧，氣勢滔天地朝著地藏劈了下去。
這一斧威力好強，帶起了狂風，有如泰山壓頂，像顆毀滅爆彈，轟隆隆直壓向了地藏。
「強。」地藏周身百米都在大斧轟擊的範圍內，他的老人體操儼然無法躲避，砰的一聲巨響，斧頭已將地藏與他周圍全部打陷，甚至砸出一個大洞。
「哈哈哈。」黑無常的笑聲震動整個大會堂，「沒爛啊，不愧是地藏！」
「好招，老衲已用上第一顆菩提珠。」地藏身邊已經多了一顆深藍色的菩提珠，憑著這一珠，竟然硬是擋下黑無常巨大的一斧。「此為水菩提。」
「竟然讓你用出一珠了？」黑無常怒吼，再次舉起斧頭，但卻發現地藏雙足站上了斧頭。
不只如此，地藏雙手合十，雙腿邁開，竟沿著巨短斧的上緣，往黑無常手臂奔去。
「你以為我變大之後，動作就會遲鈍嗎？」黑無常笑聲如雷，手上的巨短斧一轉一翻，動作迅速且靈巧，幾乎要把地藏甩下。
但地藏的雙腳卻像是有著強大吸力，穩穩黏在巨短斧之上，無論巨短斧怎麼翻轉，地藏身體是朝上或朝下，都沒能把他甩下。
地藏不只站在短斧上，更邁步往上奔去，轉眼已經奔過了短斧，接下來踏上了黑無常的手臂，黑無常手臂一震，威力之強足以甩下任何物體，但地藏就是穩穩黏住，晃動了兩下，又繼續往上奔馳。

轉眼間，地藏已經奔過黑無常的前手臂，就要到胳臂處了。

「攔住他！」黑無常的聲音如牛吼，他手臂上突然突起數十個點，這些點愈來愈大，型態愈來愈清晰，竟是數十個手持短斧，尺寸正常的黑無常。

尺寸正常的黑無常們揮動斧頭，試圖阻攔地藏。

地藏雙手合十，一個側身，躲開前面衝來的一把斧頭，又一個矮身，躲掉另一把斧頭，不過，他才躲掉兩個，忽然身體一晃。

巨大黑無常趁機甩動手臂，把地藏的身體甩向了斧頭前方，然後，下一個短斧已經對著地藏的臉直接劈下。

「再來。」地藏的臉並沒有被短斧砍中，因為第二枚珠子已經出現，剛好擋住了這一斧，這一珠金碧輝煌，如同金珠。「金菩提。」

「竟然給了你使用第二珠的時間空檔。」黑無常怒笑，「別擔心，我馬上就收拾你了！」

金菩提與水菩提共同守護著地藏，不斷左右攔阻著飛湧而來的黑無常，而且這些正常尺寸的黑無常更會不時沉入手臂中，轉而從地藏背後浮出展開偷襲。

而雙珠以地藏為中心來回繞行，展開無與倫比的防禦網，擋住了四面八方黑無常的攻擊。

一片混戰中，地藏雙手依然合十，在水菩提與金菩提的守護之下，來到了巨大黑無常的肩膀。

巨大黑無常的臉部要害，已經在地藏的面前了。

「火菩提。」地藏的身邊，第三枚菩提珠出現了，此珠殷紅如火，熱雲繞捲其外，珠體一轉，朝著黑無常的大臉飛馳而去。

「麻煩啊。」黑無常那巨大如窗的眼睛一睜，忽然，消失了。

不是消失了，而是整個黑無常竟然垮了下來。

原本由五百三十二個黑無常組成的巨人，瞬間垮落，再次分裂回到五百三十二個。

而這次垮落，不只讓火菩提的攻擊失了效，也讓地藏的身體跟著墜下。

墜下時，五百多個散落的黑無常在空中仍不放棄地舉起短斧，踏著夥伴的軀體，拚命朝地藏砍了過來。

火菩提、金菩提、水菩提三珠盤桓，擋去一波波源源不絕的短斧突擊。

而不斷下墜的地藏腳底，出現了第四顆菩提的光芒，此珠最大，顏色土黃厚實，讓地藏雙腳得以踩踏其上，而不至於急墜危險。

「木菩提。」地藏腳踩木菩提，身邊水金火三菩提迴轉護法，就這樣在空中與數百名黑無常混亂殺陣中，安全落了地。

地藏一落地，數百個黑無常繼續追殺已然無用，於是他們頓時後退，退回了黑無常的體內。

地藏依然雙手合十，姿態不變，凝視著黑無常。

只是，黑無常攻擊失敗，非但沒有任何失望神情，反而在此刻大笑起來。「哈哈哈哈哈，你有沒有覺得，少了什麼？」

地藏、環繞在他身邊的水金火木四顆菩提珠，還有那個剛剛巨大化後，狂氣十足的黑無常，少了什麼？

對，這場對峙的結果，少了什麼……少了一個人！

「咯咯咯咯，地藏啊，你會不會懷疑，白無常去哪了呢？」黑無常冷笑，「怎麼不見了？」

地藏沒有說話，依然雙手合十，看著黑無常。

「我們黑白無常向來一黑一白，一熱一冷，各走巔峰，剛剛我用五百三十二個黑無常做出了巨人黑無常，你猜猜，白無常做了什麼？」

「……」

「不說話？是因為你已經感覺到，有那麼一點……」黑無常把短斧比向地藏，「肚子痛嗎？」

有那麼一點，肚子痛嗎？

如果黑無常與白無常各走巔峰，黑無常是巨大化，那白無常豈不是……

「剛剛我成功吸引了你的注意力，地藏。」黑無常笑聲愈來愈陰冷，「下一場仗，就讓我兄弟接手這個戰場！而戰場，就在你的身體裡面啊！」

戰場，就在你的身體裡面？

琴躲在一旁，輕聲自言自語：「剛剛黑無常是變成巨人，白無常和他相反，所以無限分裂到很小，換句話說，他縮成了極小之後，趁著地藏與黑無常戰鬥，躲到地藏體內了嗎？」

地藏雙手合十，閉上了眼。

詭異的是，他身體的周圍竟然隱隱出現白無常的鬼臉，表示白無常正在地藏的體內作亂著。

「白無常同樣分裂成五百三十二個，此刻正在你體內攻擊著呢，嗯嗯，這裝載著消化液的袋子該是什麼？是胃吧。這鮮紅巨大的器官是什麼呢？是肝吧。這是一條條阡陌縱橫的渠道，應該是你的血管吧。」黑無常帶著邪氣的狂笑著，「白無常們，盡情地破壞吧！」

由地藏身體深處浮現的白無常鬼臉，笑得猖狂，笑得陰險。

但地藏依舊雙手合十，神情平靜，忽然，他身體出現了第五顆菩提。

此菩提外圈盤繞著一個美麗的圓環，優雅而神秘，是為土菩提。

「叫出菩提又能幹嘛？」黑無常冷笑，「白無常已經在你體內發動攻擊，難不成你要吃了菩提？」

「這主意當真好。」地藏一笑，嘴巴打開，同時間菩提不斷轉動，愈轉愈小，最後竟轉入了地藏的口中。「那我就聽你的話，吞掉它。」

「什麼！」黑無常一愣，但見土菩提已經滑入地藏口中，他大吼一聲，揮斧往前。

只見地藏的咽喉處出現一微亮凸點，然後凸點繼續往下移動，開始在胸口附近環繞，愈是環繞，地藏身體浮現的白無常的臉，愈是扭曲。

同時間，凸點環繞的位置，出現了像是蜈蚣一般，一節節的突起物，但仔細看去那突起物並不是蜈蚣，而是鎖鍊，酷似白無常隨身的武器鎖鍊。

菩提珠與鎖鍊蜈蚣在地藏胸口的肌膚下不斷繞圈，情況詭異，難分上下。

但下一刻，地藏其他處又游來了兩條蜈蚣，三蜈蚣鬥一珠，菩提珠立刻落了下風。

此時，地藏身邊的第六珠也已經成形，此珠色澤呈現深邃墨藍，表面彷彿捲動著危險的大浪，此珠正是海菩提。

地藏嘴巴微張，眼看就要再把海菩提給吞入口中，就在此時，眼前忽然斧影一晃。

黑無常已經化身成九個黑無常，掄起短斧，朝著地藏劈了過來。「豈能讓你輕易吞入菩提珠？」

地藏淡然一笑，身體微側，又是那古樸而充滿趣味的公園老人體操，躲過黑無常這一斧，同時間，圍繞在地藏周圍的水、金、火、木，四大菩提，再次開始極速旋轉，將黑無常的攻擊逼開。

這時，地藏成功吞下這一顆海菩提。

海菩提一入口，那從地藏身體散發出來的白無常陰影，立刻順著咽喉而下，滑到了地藏的胸口，胸口表面肌膚多了一個圓形突起物，兩珠與三鎖鍊蜈蚣纏鬥起來。

兩珠聯手，頓時拉回了局面，但三蜈蚣互相纏繞，彼此相助，光靠木菩提和海菩提要將蜈蚣全部驅逐，似乎力有未逮。

「黑白無常，和歷代貪狼星相比，你們實力絕對足以名列前茅啊。」地藏邊說，身邊又出現了第七枚菩提珠。

此珠幾乎透明，帶著淺淺青色，有如雨後輕盈的天空，它是天之晴，天菩提。

「不准吞！」黑無常加快攻勢，十名黑無常看似胡亂揮斧，實則斧招和斧招之間連結出詭異陣法，威力十足，多次逼入地藏的防守圈，但地藏就靠著菩提四珠，與他古怪有趣的公園老人身法，東扭扭腰，西抬抬腳，南點點頭，北走走路，硬是躲掉黑無常的連番攻擊。

不過這次黑無常針對地藏的嘴巴處攻擊，確實封印了地藏吞入天菩提的動作，雙方短短的僵持了數秒，但，也只僵持了數秒而已。

因為地藏忽然把頭轉到一側，這次對準天菩提竟然不再是口，而是耳朵。

「所謂禍從口出，這次我們換條路，從耳朵進去怎麼樣？」地藏一笑，然後天菩提滴溜溜轉了幾圈，縮小了十倍，伴隨黑無常的怒吼聲和揮斧的動作，就這樣溜入了地藏耳中。

天菩提一入地藏體內，立刻在肌膚表面浮起一圓形珠子，然後珠子移動得好快，骨溜骨溜地轉著，一下子就從地藏的頸部，滑入了地藏的背側，緊接著從後方繞到了雙珠三鎖鍊的激戰區，正是地藏的胸口處。

三珠對上了三條鎖鍊，原本僵持的戰局頓時分出了高下，地藏肌膚下方那三珠菩提形成一個完美的正三角形，並且高速轉動起來，三條鎖鍊蜈蚣不斷被逼退，轉眼就來到了咽喉處。

然後又到了地藏的下巴，三條蜈蚣狼狽地互相堆疊，然後合成了一條。

「請施主離開。」地藏嘴巴一張，朝著黑無常吐了一口氣。

這一口氣前半段又臭又濃，有如積流在地底深處混雜了各種汙穢的濁流，但後半段卻逐漸清新芬芳，有如禪寺內寧靜檀香的氣息，流向了黑無常。

黑無常被這股氣噴得不斷往後跌退，氣流捲動中，連斧頭險些都快要抓不住，他噔噔噔連退了十幾步，直到終於一屁股坐倒，身上更多壓了一個人。

白色衣服破破爛爛，滿是傷痕，顯然就是黑無常最好的夥伴，白無常。

「哼，這老頭果然有點道行！」白無常咬著牙起身，「明明已經對付過太白金星和月柔，卻還有這樣的力量。」

「確實很厲害。」黑無常點頭，「看樣子，我們也得使最後一招了。」

「是。」白無常抹去臉上的傷痕，「而且，得用上最卑劣的手段了。」

「咯咯，反正卑劣手段本來就是我們貪狼的強項。」

「正確，一直光明正大的作戰，就算贏了也不光彩。」

「咯咯咯咯，是啊，不作弊的話，贏了真的很丟臉。」黑無常看著白無常，而白無常也看著黑無常。「那我們就，開始吧。」

這一刻，地藏合十的雙手，微微用力了。

因為他也感覺到，在十四主星中危險等級八，力量僅次於五大高手的貪狼星黑白無常，終於要發揮全力了。

第六章・地藏第三招

陰界，孟婆來到了同樣一家便利商店中，她身後跟著小耗和阿喜。

才一踏入這家便利商店，孟婆眉頭微微皺起。

「你們別來。」

「咦？婆婆。」阿喜一呆，「我們要跟著妳。」

「危險。」孟婆雙眼雖盲，卻能從聽覺感受世間萬物，其銳利程度甚至更勝雙眼健全之人。

「我們不怕危險。」小耗也說，「就算是六王魂我們也不怕。」

「問題是不只六王魂。」孟婆摸向了櫃檯，櫃檯內躺著一個胖男人，他已經奄奄一息。

「還有力量幾乎等同黑白無常的麻煩人物也來了。」

「誰？」

「他是……」

曾幫大會堂之內。

琴趴伏在昏迷的戰士堆裡，靠著覆蓋在身體上群手，掩蓋自己的氣息。

她雙目緊盯著眼前的戰局，因為她知道這場四大主星合戰地藏的戰局已經接近後半段，黑白無常要亮出最後底牌了。

「黑無常！」白無常尖銳地喊著。

「白無常！」黑無常沙啞可怕地喊著。

然後兩人同時一起喊。「合璧！」

這一秒鐘，原本以增值複製作為作戰方式的黑白無常，所有數目一起變少，不斷融合，融合成一個黑無常與一個白無常，最後，連這對黑白無常也咻一聲，合而為一。

灰色的、灰色的一個人。

他左眼黑瞳白底，右眼白瞳黑底，渾身通體為灰，有如一塊沒有任何情感，對萬物皆為冷漠的灰。

琴感到戰慄，因為萬物皆有色彩，而這些色彩也是萬物的情感展現，熱情或憤怒的紅，閃亮或驕傲的黃，清新或充滿希望的綠，冰冷或深沉的藍……但唯獨灰色，琴卻在灰色之中，感覺不到任何的情感。

「吾不是黑無常，也不是白無常，吾乃無無常是也。」他左手甩動鐵鍊，右手抓著短斧，往前縱躍，他速度快得驚人，有如灰色魔電，以驚人高速撲向了地藏。

「無無常？」就在琴詫異於這無無常的速度竟然如此之快，忽然，她發現這無無常消失了。

他消失在地藏的面前。

琴感到困惑，怎麼會消失？無無常怎麼會消失？

忽然，她看見地藏眉毛揚起，這是第一次，地藏露出吃驚的表情。

「為什麼吃驚？」琴看著地藏，而她眼前的地藏不只著急而已，更低喝一聲，圍繞在他身體周圍，有如銅牆鐵壁般的七顆菩提珠，化作七枚流星，全部急速朝著琴的方向而來。

「怎麼？」琴還沒弄清楚這一切到底是怎麼回事，她忽然聽到了她上方傳來一聲冷漠的詭笑。

「就是要卑鄙啊。」那聲音如此說著，「不卑鄙，贏起來就不夠光彩了啊。」

然後，琴慢慢地，慢慢地把視線往上看。

那對黑瞳白底，白瞳黑底的眼睛，就在琴上方五十公分處，直直地盯著琴看。

「無無常！」琴尖叫。

然後，一股凜冽、尖銳、強大，且充滿惡意的力量，就這樣朝著琴的背部，直壓了下來。

無無常的雙掌，朝著琴的背，狠擊下去。

雙掌中透出的道行，強度之高，殺氣之猛，有如一枚被濃縮成球的雷曼兄弟能量，壓向了琴。

還沒接觸到琴的身軀，琴就感覺到脊椎被氣勁壓到格格作響，幾乎要折彎而斷。

但就在同時，琴感覺到了一股猛烈的風吹來，這風看似粗獷實則溫柔，那是琴熟悉無比的風，這是誰的風？

不只是風，同時間一直守護著琴的千手觀音，也跟著揮動了起來。

手與風並肩作戰，一起迎向了無無常那驚世駭俗，致命絕倫的掌力。

可是，對手畢竟是十四主星中的佼佼者貪狼星，這是有如以卵擊石般懸殊的對決。

「砰！」一聲震動人心的悶響，風四散，手斷折，在潰敗之中，卻是確確實實替琴爭取了一秒。

這看似短暫的一秒，就足以讓最強的七顆援軍，趕上來了！

水菩提、金菩提、火菩提、木菩提、土菩提、海菩提和天菩提，趕到了琴的背部，聚集成盾，就要硬槓上無無常這一掌。

「一定擋得住吧？！」琴感到背脊一冷，隨即，一股奇怪感覺湧上。

沒有碰撞的悶擊聲？

沒有兩大力量撞擊的道行氣流？

沒有碰到？七大菩提已經到了，但卻沒有攔到無無常的力量？

「不！」琴像是想通了某件事，頭急轉另一個方向，那正是地藏所在的方向。

那裡，有著另外一個無無常，而這個無無常的雙掌中，正捲動著他全部的力量。

但此刻的地藏，已經沒有七顆菩提珠守護了。

「我就說我一定會很卑鄙啊！你真的忘記了？老師說的話，要聽啊！」無無常大笑之際，雙掌已經突破了地藏的防守，紮紮實實地印上了地藏乾瘦的背。

一大口血，就這樣從地藏的口中噴了出來。

這是鮮熱的，代表真正受傷的一口鮮血。

擊敗兩大陰獸，化解雷曼兄弟債券，擊敗獸化月柔，擊潰巨大化黑無常，驅逐縮小化白無常，身上始終沒帶半點傷的地藏，如今，真正受傷了。

因為這是貪狼星真正的絕招，也因為這是貪狼星最拿手的卑鄙手段。

地藏，真的受傷了。

剛剛的那一瞬發生了什麼事？無無常早就知道琴的存在，更把琴當作誘餌，逼得地藏把七珠送離身邊，為了保護琴。

而且無無常的詭計不只如此，他在地藏身邊放置了五百三十二分之一極度微小的自己，等到七珠一離開地藏身邊，無無常立刻將自己分解，接著全部在五百三十二分之一的自己身上，重新凝結。

有如瞬間移動，完全沒有時間差的攻擊，終於讓無無常得以用全力一擊，正中毫無保護的地藏。

這一招，確實傷到了地藏。

地藏這口血，鮮豔而戰慄，表示他真的傷了。

接下來令人擔憂的將不再是黑白無常，而是政府軍之中，與地藏同一等級的怪物——天相。

「中！」無無常大笑，「地藏，你最大的敗筆，就是老是愛保護別人，之前的月柔是，現在的琴也是，這麼蠢的你，竟然可以活過八百年，也真的是奇蹟了啊。」

「呼。」地藏嘴角沾著血，微彎著腰，雙手依然合十，緩緩地吐出一口氣。

「不過你也算了不起，第八珠在最後一刻出現，抵銷了我兩成功力，所以傷得不夠重。」無無常舉起了手，第二擊就要出手。「沒關係，我馬上補上。」

「第八珠深沉如夜，是為冥菩提。」地藏慢慢地說著，「但老衲在等的，其實是第九珠，此珠孕育生命，生生不息，是我最愛的一珠。」

「喔？」

「湊齊九珠，就不單是防禦，而是……」地藏的身邊，最後一顆菩提，也終於出現。

它已經不是單色，上頭有白色雲霧、藍色海洋、綠色高山、熊熊烈焰、白色冰帽，它是九珠之中最燦爛也最美麗的一顆。

「名為，地之菩提。」地藏手一揮，地菩提飛向了無無常。

「糟糕！」無無常見到這枚地菩提，先是一呆，隨即像是感受到什麼，整個身體轟然潰散，化成數十個黑白無常，瘋狂地往四面八方逃竄。

「你為了傷我，將黑白無常合而為一，四散黑白無常終於集中在一起了，而我這珠地菩提，也是在等待此刻。」七枚菩提也從琴的身邊回來，與冥菩提與地菩提會合，九菩提完全到齊，朝黑白無常圍了過去。

黑白無常已經散開數個，數個又分裂成數十個，數十個又想裂成百個，會如此高速分裂的原因無他，是因為他想逃。

他知道自己非逃不可。

但上百個黑白無常卻沒有一個能逃掉，因為九珠圍成了一圈，將百來個黑白無常完全鎖住。

「最強的防禦，也會是最強的結界。」地藏雙手合十，語氣謙和。「請被收在九珠之內吧，貪狼星黑白無常。」

此刻，九珠不再環繞，整個往中央聚攏過去，這一聚攏，更將正在裡面試圖突破的黑白無常，強迫往內擠去。

空間愈來愈小，黑白無常無法再分裂，只能不斷融合，又從百個融合回數十個，轉眼間又將數十個融回數個，最後又擠回兩個黑白無常。

九珠繼續聚攏。

黑白無常再無空間，最後又成了無無常。

九珠不只聚攏，更合而為一。

而無無常再無空間可躲，大吼：「你關不了我多久的！地藏！他媽的！有人擊敗你的時候，我就會出來！等我！等我！」

然後，九珠合一。

空咚一聲，九珠化作一珠，落到了地上。

而地藏彎腰，將此珠撿起，低聲唸了幾句阿彌陀佛後，將珠子收到了懷裡。

貪狼星黑白無常，堪稱陰界最卑鄙、最惡、最棘手的警察頭目，對上僧幫之主太陽星地藏。

徹底敗北。

琴把地藏的手，小心翼翼地捧了起來。

這短短數十分鐘的相處，其實讓琴對這隻手有了難以言喻的親切感，要不是這隻手，還有那股突然吹來的烈風，琴可能就會被無無常一掌打碎脊椎，化成一團名為琴的爛泥。

那熟悉的風是什麼？琴感到心跳微微加速，那股風同樣想暗中幫她，會是琴認識的那個人嗎？

她抬起頭，看向站在天相後側，拿著長矛，雙目如冰的那個人，剛剛那陣風真的是你嗎？

那人的眼神沒有看向琴，他的表情有點任性，又有點害羞，彷彿不想承認自己剛剛違背了政府的目的，暗中幫助了琴。

看見他的表情，琴忍不住有點想笑，這表情和剛剛的風一樣，好熟悉啊。

柏，你這個彆扭的傢伙！

只是，琴與柏這短暫的心意相通，卻只維持了短暫的瞬息。下一場戰局，因為一個人的移動，而拉開了序幕。

他，是天相。

他，開始往前走了。

他踏著沉穩的步伐，一步步走向了地藏。

每往前走一步，琴都可以感覺到周圍的溫度就低上一度，就像是一個能把所有溫度都吸走的黑暗冰體，正逐漸朝地藏逼近。

這巨大的黑暗冰體，與地藏與生俱來的暖流完全相反，那是來自這世界最深處的黑暗，而天相星岳老，就是這股黑暗的本體。

忽然，琴手心上那隻手動了兩下，傷殘的它，比出了一個手勢。

琴一看頓時愣住，忍不住問：「你說什麼？」

手又比了一次，這次更急促了些。
琴忍不住再次確認，「真的是這個意思？」
手又比了一次，手指舞動急速，可見其焦急。
「好啦，我照做就是了。」琴吸了一口氣，左手手腕處綻放電光，一個優雅弧線順著手腕往外延伸，化成一枚長弓。
琴姿勢帥氣，左手舉弓，右手拉弦，只是這次她所瞄準的目標，卻不是任何敵人。而是地面。
『射！』
「射！」琴右手的弦剎那放開，頂級力量的藍色之箭，瞬間離弦而去，射中了地面。轟然一聲，此箭已經用上了琴此刻最高功力，在塵土紛飛中，一個直徑兩公尺，深度三公尺的洞，就此成形。
『快下去！』手著急地揮舞著，『只有電不足以保護妳，還需要大地的包覆。』
「嗯！」正當琴朝著洞口躍入之際，她眼角餘光看見了這混亂的戰場上，地藏做了一件事。
這一件事其實無比單純，卻是從開戰以來，地藏始終沒有做的事。
那就是打開了。
地藏合十的雙手，終於打開了。
而在他合十的雙手中，透出琴從未見過的純白亮光。

那亮度之強，顏色之純，足以在瞬間照亮整個大會堂，甚至照亮數萬公里寬闊的大地。

在這片白光之中，地藏開口了。

「老衲前兩招都不肯傷人，唯獨第三招一出手必有死傷。」地藏淡淡地說著，「故三百年前與該代武曲雷好一戰之後，就將此招封印。」

地藏雙手愈分愈開，亮度也愈來愈強，整個大會堂已經比白晝還要明亮，所有人都被照耀成燦爛的白色，有如墜入一片無瑕炙熱的白光之中。

「此招僅有一字，便是『日』。」

同時間，地藏雙掌往前，剛剛熾熱的白光，頓時化成一道筆直光束，純淨、無聲，卻又如此宏大的白色光束，以光速來到了天相之前。

而天相呢？

在這片被白光完全統治的大會堂之中，卻有一處是黑的。

不只黑而已，那是有如深淵，無聲無息，無邊無際的黑。

那一處，就是天相的雙手所捧之處。

「已經受傷的你，決定速戰速決嗎？」天相語氣低沉，雙目如冰。「天相鼎，黑洞之力，吸乾『日』之光吧！」

然後，所有的光，那燦爛到足以照亮數萬公里的白光，就這樣被天相鼎的開口給吸了進去。

白光源源不絕，天相鼎手心這團黑暗深淵，卻也同樣無窮無盡，兩股同樣傲視陰界，絕強無比的頂峰力量，在此刻，毫無保留的交手了。

這是琴所看到的最後一幕。

『日』與黑洞的對決。

然後，琴墜入自己所挖的洞中，然後，琴最後甩上一箭，這一箭把琴頭頂的土地封住，讓她完全進入密封的狀態。

一種被大地包覆的狀態，也在這一瞬間，整棟大會堂分解了。

這棟古老而強壯的建築，化成了肉眼都難以分辨的微粒。

太陽與黑洞的糾纏，不只摧毀了建築，甚至是整座山的山頭，都在這片光明與黑暗之中，無聲地消失了。

在宇宙的萬千現象中，有兩種星體，讓科學家深深著迷。

一是生命之源「恆星」，二是生命之終「黑洞」。

恆星透過本身的氣體不斷燃燒，釋放出千度萬度的高溫，照耀周圍的行星，供給了行星光與熱，而在溫度光線適中的環境下，有那麼千萬分之一的機會，生命會由此誕生。

這些生命不斷地成長、繁衍、交配，演化出更複雜、更有智慧的個體，而這些個體必須透過恆星的光與熱繼續生存，生老病死，成為每顆行星獨有的故事。

直到有一天，恆星開始衰老了。

因為數十億年不斷放出光與熱，它的身軀已被火焰燃盡，從活躍的氣體元素燒成了堅硬的鐵元素，沉重的鐵不斷地往它體內壓縮、壓縮，再壓縮。

最後，它萎縮成一枚重量駭人，但體積極小的一個物體。

這個物體，可能是小湯匙的粉末，但它擁有的質量卻是一顆太陽。

轟然一聲，空間再也承受不住這樣的重量，由正轉負，下一瞬間，黑洞於是誕生。

然後黑洞慢慢張開它的引力，開始吞噬。

那些曾經如此依賴這顆恆星，創生無數生命輪迴的行星，就這樣一點一滴被黑洞引力牽引，然後墜入，分解，消失。

一個曾經令人仰望數百億年的燦爛的光熱之源恆星，卻在燃盡自己之後，化成毀滅一切的黑洞。

這就是恆星與黑洞。

它們是溫暖與冰冷。

它們是光與闇。

它們是相生相剋，互相共存的彼此。

琴躲在地洞裡，感受著天搖地動的震撼威力，她不自覺地將全身的電能升起，從基礎的紅、進階的橙、燦爛的黃、青翠的綠，甚至是最近才領悟的，深邃的藍。

藍色電勁，有如溫柔的潮水，將琴緊緊包圍，包圍在這小小的洞窟內。

外頭的太陽與黑洞的激烈纏鬥，都有如門外的風雨，從此再與琴無干，而琴更伸手拉住地藏最後一隻千手，並將其擁入懷中，以深藍電光保護之。

琴閉上眼，讓土地包圍自己，讓電光保護自己，也保護住她懷中的小手。

風暴不知道持續了多久，也許數秒，也許數分鐘，甚至可能長達一小時。

當琴有如度過一個短暫睡眠後，她不再感覺到外面的危險，她卸下周圍的藍色電光，悄悄地從地洞中探出頭來。

「啊。」眼前的景色，讓琴忍不住啊的一聲。

因為，大會堂竟然消失了。

不，整個僧幫建築，都不見了。

往左右望去，原本疊嶂起伏的山巒，甚至是碧綠青草，全部都消失不見了。

這裡只有一大片空曠，一大片空白，什麼都沒有剩下……

就在琴愕然地看著這一切，她赫然發現，這片空白之中，有兩個人影站著。

他們動也不動，雙掌相抵，像是石雕般存在著。

他們是這一切毀滅的起點，天相和地藏。

兩人完全不動，只是雙掌抵著，有如一尊冰雕。

「地藏……」琴幾步奔馳，跑到地藏與天相身旁，伸出手想搖一搖地藏，但卻在同時聽到一個聲音。

「妳確定要動他們嗎？想清楚喔。」這聲音斯文中又帶著一絲戲謔。

「想清楚……什麼意思？」琴嚇得縮手，轉頭一看，背後發出聲音的正是天機星吳用。身為六王魂之一，自始至終卻都沒有出手戰鬥的男人。

「是啊，」天機星吳用，拿著扇子搧著風，搖頭晃腦地說。「他們剛剛那一招是百分之一百的勢均力敵，地藏因為先戰了月柔、太白金星、黑白無常，最後甚至被黑白無常的全力一擊打傷，只剩下八成的力量，而這力量剛好和天相的鼎打成平手。」

「平手……會怎麼樣？」琴問，她戒備著吳用，但奇怪的是，她完全沒有感覺到吳用的敵意。

他雖隨天相而來，卻似乎完全不想戰鬥，彷彿只是一個旁觀者，純然的旁觀者。

「其他人的平手，可能同時重傷倒地，但這可是太陽與黑洞的平手。」吳用笑，「這兩招是當今陰界最強猛的招式，一個是無盡的吸取，一個是永恆的光明，它們一旦進入平手的狀態，那是極度脆弱與危險的平衡，只要任何一點平衡被打破，光明就會吞噬黑暗，或黑暗就會反噬光明。」

「你的意思是？」琴側著頭看著吳用，「如果我這時候打了天相一拳，就會造成失衡，地藏就會贏了？」

「差不多這個意思。」吳用點點頭，「真是個聰明的孩子。」

「等等，可是你也是六王魂！而且你還是十四主星！所以你會阻止我？」琴立馬擺出作戰姿態，全身電能湧現。

「等等等等，」吳用急忙舉起雙手，「我是不戰鬥的，我喜歡醫學，我喜歡陰獸，我喜歡研究各式各樣的學問，把力氣花在戰鬥上太浪費時間了，所以我從不戰鬥，也不鍛鍊自己。」

「咦？」

「任何一個乙等星都可以打敗我，」吳用嘻嘻笑著，「看妳剛才身體電能的顏色，嗯，武曲電能共分七色，紅橙黃綠藍靛紫，再加開外掛的一個神秘黑天雷，妳現在已經是藍色，所以妳實力已經等於最低階的甲級星嘍。」

「我的實力已經接近最低階的甲級星？所以我已經能和莫言橫財一戰了嗎？」

「神偷和鬼盜嗎？他們可是高階甲級星喔。」吳用說，「現在的妳，最多能逼出他們八成實力吧？」

「是這樣嗎？不過總算是靠近他們了。」琴歪著頭看著吳用，「等等，如果你不戰鬥，所以如果我這時候要揍天相一拳，你也不會阻止我？」

「差不多就是這個意思。」

「可是，你不是六王魂嗎？」

「不不不，六王魂並不是每個人都愛打架的！」吳用邊笑著邊揮手，「六王魂指的是支撐政府運作的六種力量；天相星，主訴君主旁邊管理眾臣，首重的是『權力』；貪狼星，以暴力恐嚇並執行制裁，必須裝備足夠的『武力』；確保經濟流通的天府星，要『有錢也要愛錢』；照顧陰獸族群的太陰星，需要有比誰都能傾聽陰獸聲音的『馴獸』；陰陽兩界的看守者天同星，則是要有一顆『公正的心』；最後則是我，我是天機星吳用，專司『研究與紀錄』，我對戰鬥真的毫無興趣喔。」

「聽你講好久，那我打了喔。」琴舉起了手，她知道此刻的機會千載難逢，前來攻擊地藏的四大主星中，月柔硬衝九珠被地藏所救，太白金星因為雷曼兄弟被輕易破解而失了魂，最危險的黑白無常雖僥倖重傷了地藏，但也被封入菩提九珠之內。

如果要偷襲天相，現在是唯一也是最好的時機了，想到這裡，琴手心成掌，掌心電光洶湧，就要朝天相的肩膀打下去。

如果天機星吳用所說的沒錯，琴一掌拍下去，將打破天相與地藏這強大而脆弱的平衡，然後地藏將取得勝利，而天相這場壯闊的僧幫征戰，即將以落敗收場。

「打啊，不過就算我不阻止。」吳用拿出一只懷錶，輕輕擺弄著。「也有人會阻止喔。」

「也有人會阻止？」琴的掌揮到一半。

忽然間她感到掌心傳來一陣巨大抗力，這抗力無聲無色，竟然是一股風。

突然竄動而來的風之彈，對琴而言，是如此熟悉的風，陡然出現擋住了琴的這一掌。

砰。

琴的電光往四面八方彈開，電流竄動，差了一吋就是沒有打中天相。

「風！」琴猛一抬頭，看見了遠處那雙堅毅的眼睛，正注視著琴自己。

那雙眼睛的主人，身體高壯，一身精鍊肌肉，面容年輕俊俏，不是別人……正是破軍星柏。

「你沒事？」

「因為嘯風犬保護了我。」柏手持著長矛，而在他身邊，則是躺在地上，已經受傷的嘯風犬。

嘯風犬是如此強橫的陰獸……以自己的身軀擋住『日』與『深淵』的對決，卻也因此重傷。

但至少牠護住了牠的主人，破軍星，柏。

柏俊冷的眼神看著琴，「不准妳動天相！」

「天相是壞人！」琴看著眼前的柏，內心湧現那強大的熟悉感，讓她有些控制不了自己的情緒。「你為什麼要阻止我！」

「天相是政府的權力核心，軍系的掌權者，他若一死，政府立刻崩潰。」柏手上的長矛，盤繞著黑色凜冽的風，逼迫著琴，讓她無法往前對天相動手。

「那不是很好嗎？」琴看著柏，語氣有些激動。「陰界長年被政府暴政統治，天相是罪魁禍首，打敗他，陰界黑幫重新抬頭，人民才能重新獲得自由！」

「不。政府雖然是暴政之源，但同時也是整個陰界的架構支柱，若它一亂，政府和黑幫立刻崩壞，政府內部權力亂鬥，外部大小黑幫胡亂殺戮，整個陰界只會更亂！」柏瞪著琴，毫不退讓。

「那你打算怎麼辦？」

「我打算從政府內部下手，我會在政府中取得權力，然後親手打敗天相，並取代他！」柏語氣堅定，「到時候我親手維持住政府的權力架構，就不會天下大亂了！」

「哈哈，多年前你就講過一樣的話！」琴不懂自己為何為說這句話，但總之，她就是說了。「你會打敗天相？何時？」

「不是現在，但不會太久！」

「你太理想了！你以為你做得到嗎？你以為黑幫能撐到那時候嗎？」琴聲音變大了，「你加入政府，替他們做牛做馬，結果你反而必須殺害黑幫的同伴！這樣對嗎？最後只會害到黑幫而已！」

「我沒有！」柏的聲音也變大了，向來冷酷的他，此刻也臉部漲紅。

「二十年前就是這樣！」琴喊著，她甚至已經不知道自己在喊什麼？彷彿那是另外一個人的記憶，但那另外一個人卻又是琴自己。「你就是這樣！我們好好地待在黑幫中不好嗎？為什麼你要加入政府！為什麼！為什麼！為什麼！」

「為什麼？為什麼？為什麼？」柏感到全身力氣翻湧，他內心也有一個記憶同樣在嘶吼。「妳就是不懂！」

「為什麼我不懂！」琴喊的聲音中帶著哭音，「我好氣你！你知道嗎！我好氣好氣好氣你！」

然後，哭泣的琴高高躍起，同時間舉起了雙手，電光從她雙掌而起，捲起猛烈電光。

電光在琴周圍不斷環繞，讓琴有如宰制天空的電陀螺，而琴的雙腳，也就是電陀螺的下方尖端處，就這樣朝著柏的方向，鑽了下去。

「我為什麼去政府！妳懂嗎？妳根本就不懂！」柏也回吼著，他不知道自己為何這麼激動，但是他體內的風之道行，似乎知道眼前電光的危險，狂風捲起，化成一道一道鋒利風刃，交錯射向了在空中有如一尊電陀螺的琴。

「我不想聽！」

「對，妳就是不想聽！」

這剎那，風與電就這樣捲在一起，猛烈地激戰起來。

看著這團風電激鬥，吳用先是仰著頭看了一會，忽然露出古怪笑容。「這兩個人，二十幾年前就吵，現在記憶都如此破碎了，還可以繼續吵？」

吳用嘆了口氣，像是想起了誰，又像是想起了某個無比珍惜卻又被遺失在多年前的寶物。「所以，『情』字真難解，不是嗎？」

然後，吳用像是感受到了什麼，身體一跳。

他猛然回頭，看向了雙掌相抵，互相堅持的天相和地藏。

「快醒了？」吳用的眼睛端詳著天相，「天相您老的修為，比我想像中還高啊，竟然快醒了。」

「小朋友啊小朋友，」吳用再次抬頭，看向正在空中激戰的電與風。「如果要打那就得快點嘍，這裡有人快要打破僵局嘍。」

天空中的風與電，似乎完全沒有察覺到情勢的緊迫，自顧自地混戰著。

「風刃！」柏不斷舞動手上的破軍之矛，每揮舞一次，就是一道弧狀風刃射出，眨眼間，六六三十六道風刃，劈向在空中的電陀螺。

電陀螺之中的琴，則透過高速環繞身體的劇烈電流，化成強硬盾牌，不斷將飛馳而來的風刃，往四面八方擊開，而她的腳底那電陀螺的鑽頭，仍繼續朝柏鑽了過去。

「不信擋不住妳！風盾！擋住這臭電陀螺！」柏的右手揮出，一個由強大風壓凝聚而成的圓，迎向了琴電陀螺的鑽頭。

嘎嘎嘎嘎尖銳的鑽聲持續不斷，鑽頭沒有鑽開風盾，反而讓琴的速度因此減慢，停止了旋轉。

而旋轉一停，柏立刻掌握了反擊時機，手一張，滿手棒球大小的風球，撒向了琴。

「風刃、風盾、風球，你的花招很多耶！」琴左手出現一條美麗的弧線，弧線凝聚出一把金黃色的弓。

「在陰界，技的能力就是想像力！」柏手一握。那圍繞在琴周圍的風球，彷佛感應到了什麼，抖動兩下，同時炸開！

下一秒，琴頓時身陷數十顆同時爆裂的暴風之中，但她早已準備好了，朝地面拉弓而射，一枚黃箭往地面射去，引發電能爆炸，頓時引發反作用力把琴身體往上猛然拉高，有驚無險躲開了風球的爆炸範圍。

琴身體往上拔高之際，在空中再次拉弓射箭，一枚黃箭灌注了飽滿的電能，射向了柏。

「風盾。」柏再次舞出風盾，黃箭碰到風盾的瞬間，表面電能頓時脫開，露出內部更凶猛的顏色，綠光。

比黃箭更強一階的，綠箭！

綠箭不斷旋轉，頓時鑽裂了風盾，風盾崩解，綠箭已經到了柏的胸口。

「哼！把綠箭藏在黃箭裡面？耍詐！」眼看著綠箭已經無法閃避，柏只能低哼，然後轟然一聲，威猛的綠光中，柏被綠光轟入了地面。

「黃箭沒效是嗎？綠箭就收拾你！」琴感到一陣莫名的樂趣，這樣的戰鬥，是不是曾經有過？在她早已遺忘的記憶深處。

她，是不是和掌風者如此對戰，透過對戰提升彼此的實力？那是多麼愉快的時光？

但在綠光炸開柏的地方，突然有了奇異的氣旋，這氣旋是黑色的，有如章魚的觸爪般往四面八方擴開。

「咦？」琴感到背脊傳來隱隱戰慄感，她認得這一招，這一招很厲害。

「黑──丸──」黑色氣旋的中央，突然射出一枚純黑的球體。

球體表面是透明的，裡面則散布狂亂糾纏的黑色風線，看似緩慢，實則異常迅捷地來到了琴的面前。

「綠色電箭！」琴速度極快，有如閃電般快速拉弓，一把綠箭已然現身，但才現身而已，綠電能就被黑旋壓制，竟然連箭體都無法成形。

「如果被擊中，肯定妳會重傷，這黑丸我可是用了全力！」柏從地上的大坑中站起，全身都是傷痕，但他臉上卻有著笑容，淺淺的、隱約的，就像是當年和兒時玩伴一起遊戲的樂趣。

琴看著黑丸愈來愈近，她拉弓速度不再急促，反而動作紮實，握弓，拉弦，握箭，把每個動作都灌入強大的道行。

當箭尾脫離了琴的指尖，琴的瞳孔映照的顏色，是如海洋般的，藍色。

藍色箭離弦，迎向了黑丸。

滋。

黑丸和藍箭，在空中凝住了。

足以製造出小型龍捲風，將漁船吞入海底的這枚黑旋，黑色的風體，有如巨大鞭尾，四下舞動，但它卻無法擴張，因為它被藍色的電網給囚困住了。

電能與風能，藍色與黑色，在琴與柏面前不斷滾動、糾纏，彼此消長，竟然完全分不出勝負。

但也在同時，柏動了，他右手緊握破軍之矛，大笑。「那這一招呢？」

說完，柏手上的矛脫手而出，在空中劃出一條戰慄的黑線，直接灌入黑旋與藍箭糾纏處。

轟然一聲，破軍之矛強化了黑丸之力，狂風之中，破入了藍箭，朝著琴而來。

而琴呢？她臉上露出了難以言喻的開心笑容，她左手的雷弦甩動，身體有如舞蹈，竟把雷弦當作一把大刀，劈向了破軍之矛。

鏘然一聲巨響！

在電光與風暴之中，破軍之矛被琴的雷弦直接打飛，在空中不斷轉圈，飛回了柏的方向，而柏一躍而起，接過了破軍之矛，然後人矛合一，再次刺向地面的琴。

「人矛合一？這招我也會耶。」琴再次拉起雷弦，藍色電箭已經隨心所欲的出現，但這次藍箭沒有射出，卻化成一圈圈藍光，包圍住了琴自己。

在藍光包圍之中，琴也躍起，手上的雷弦的藍光濃度最高，已經將雷弦化成一把淬藍色的長刃，砍向了黑風包裹的長矛。

砰砰砰砰轟隆轟隆，兩人在空中瞬間交手了上百招，黑矛也撞擊雷弦上百次，風與雷，也在空中不斷閃爍照耀，有如夜空中的煙火，燦爛奪目。

在交手的過程中，琴發現自己已經忘記了剛剛的怒氣，她只是專心享受著與這掌風男子對戰的過程，那驚險的攻防進退，還有那不用言語的眼神默契。

同樣地，柏也忘記了憤怒與野心，只是盡情地揮舞著破軍之矛，在風的包圍中，將自己的感官推升到極致，並感受著自己的進步，與對手的進步。

「風與電，你們怎麼不太像打架，而像是練功？而且是不是我的錯覺……」吳用仰著頭，凝視著眼前這一團雷與這一團風，時而糾纏，時而退後。「好像愈打愈強？本來藍色的電偶爾才出現一次，現在已經從頭到尾都是藍色了。」

「而那個黑旋，嗯，純度也愈來愈高，幾乎快可以引發微型颱風了。」吳用點頭，「這兩個人真的是天生一對啊。不——」

然後，吳用像是感覺到什麼似的，轉過頭，眉毛動了兩下。

「這時候怎麼還有人進來僧幫？咦，是他？……這麼麻煩的人竟然在這時候來了？」

第七章・當音樂結束殺戮開始

陽世，小風。

此刻是淩晨四點，她正在小靜與蓉蓉的住處，因為一個夢而醒了過來。

她夢見了那條透明巨龍，那在夢中曾經吞噬她，與吞噬許多螢光光點的龍。

龍正在沉睡，而因如此，周圍所有的光點也跟著安靜下來，也許光點們知道這條龍雖然把它們帶走了，但並無惡意。

小風覺得自己就像其中一個光點，在這巨龍的腹中優游著，而小風則透過光點的視角，往透明巨龍外面看去。

因為隔著收納袋般的透明袋子，光線被透明牆壁折射而變得扭曲，使得小風只能約莫辨認外面的景象，外頭有一個高䠷的光頭男子，還有一肥壯到令人吃驚的流氓男子，還有一個中年女子、一個中年男子，最後是一個年輕女孩和男孩。

「總共六個人……」小風喃喃自語著，「他們在討論，不，他們在爭執著什麼？」

雖然小風聽不到收納袋外面的聲音，但她隱約可以感覺到，嚷嚷最大聲的是那個肥胖男，而他爭執的對象是那個有點邪氣的光頭男子。

最後，光頭男子搖了搖頭，似乎做了決定。

小風集中精神，眾人的聲音終於隱隱傳入了小風耳中。

「你要……回去？」那肥壯男子低吼著，「那裡可是……相！」

「……」光頭男又說了幾句話，「不然，我請你……」

「唉……」肥壯男子吐出一口氣，「交上你這樣的朋友，只能認了……」

而光頭男露出笑容，摟住肥胖男的肩膀。

「接下來，得先……」這光頭男將眼神看向了收納袋之龍，「藏好這群寶貝。」

然後，他的手朝著透明的龍這裡，伸了過來。

一陣晃動之後，小風感覺到透明之龍開始游動，游入了一片黑暗之中，那是充滿安全感的黑暗。

小風懂了，這光頭男就是透明之龍的主人，透明之龍之所以會大口大口吞噬螢光點，就是來自這光頭男的命令。

從對話聽來，光頭男似乎下定了決心，要去一個危險的地方，所以他打算把透明之龍藏到一個安全的地方。

只是，光頭男到底要去什麼危險的地方呢？

小風不禁納悶。

在夢中，小風可以感覺到光頭男是一個很厲害的人，就像魔法師，可以變出別人都做不到的戲法，而那些戲法，甚至可以輕易毀滅一棟建築物，但此刻的光頭男非常擔憂，甚至感覺得出害怕。

他在害怕，因為還有比他更厲害的魔法師嗎？

小風邊想，邊在夢中笑了起來，她笑自己的想像力怎麼那麼豐富，替夢境下了這麼多奇怪的詮釋。

不過小風唯一可確定的是，光頭男即將啟程。

就要去那個危險到令光頭男都感覺到害怕的地方。

「投降！還不投降！」琴的雷弦和破軍之矛打到第一百六十二下，縱使雷弦不是近戰型的武器，但卻能在差之分毫的驚險戰鬥中，顫動弓弦，射出充滿威脅力的小箭。

每一次，當破軍之矛就要強壓住雷弦，雷弦的短距離小箭就會陡然射出，逼得柏必須回矛自救，局勢立刻被琴扳平。

如此遠近交錯的戰鬥，這兩大神兵，在柏與琴手中，鬥了一個不分上下。

「誰要投降？才不投降！」柏繼續催動周圍狂風，風的特性是大開大闔，與電的無孔不入剛好形成強烈對比，兩人在交手時，難免互傷掛彩，但卻都無法一擊將對方打敗，於是戰局不斷拖延，但卻也在這不斷拖延的戰局中，兩人找到了對戰的樂趣。

樂趣，真的是樂趣。

不過，原本愉快的戰鬥，卻在一個小動作之後，發生了改變。

琴原本流暢的電掌，突然感到微微一頓。

這一頓，讓她蓄勢已久的電掌，沒有打出去。

此戰如此酣暢淋漓，琴這一個動作的錯失，可能引發慘痛無比的反擊，果然，眼前破軍帶著風的矛已經揮了過來。

「咦？」破軍似乎也察覺到了琴這一動作的異常，故將手上長矛的速度微微減緩，他並不想讓琴受太過重的傷。

可是，奇怪的事情發生了！柏同時感到手臂上傳來一陣古怪，彷彿有個力量極度巧妙地在他的手腕處點了一下，這一點，頓時讓他的矛不僅沒有絲毫減速，反而變本加厲，夾著風暴之力，劈向了琴纖細的頸部。

這一矛若真的下去，可是致命的一矛啊！

「喂！」琴吃了一驚，雖說原本他們兩人就在打架，但這一矛揮來，可是真的要命的！「你真的要殺我？」

「我，」柏感到疑惑，剛剛是怎麼回事？但他已經拉不回自己的矛了，唯一能做的，是他的另一隻手陡然伸出，硬撞開這根矛。

柏的另外一隻手濺出鮮血，硬擋住了這矛的攻勢。

但就在柏手下留情的同時，琴的雷弦竟然不趁此收手，反而趁隙而來，那鋒利的弓尾已經如同一把尖刺，筆直著朝著柏的心臟插入。

「妳趁虛而入？」柏感到一陣怒氣，這女孩在這個時候下殺手？開玩笑的嗎？剛剛柏才犧牲自己的手來保護這女孩而已！

「不，不是，是我的手自己……」琴緊張地叫著，下一秒她也做了和柏相同的事，她抬起腿，自己踢開了雷弦。

而雷弦的尖刺也刺入了琴的小腿，鉤出一條滿是血珠的傷痕。

看見兩人同時掛彩，琴與柏交換了眼神，頓時想到了同一件事。

「有人在我們的戰鬥中動手腳？」

但才想到這裡，柏卻不自覺感到一陣戰慄。「此時此刻，我們已經用上了十成功力在戰鬥，如果我們的等級已經等同甲級星，代表那個人……」

「表示動手腳的人，可以無聲無息的介入兩個甲級星的戰鬥？」琴的想法，和柏不謀而合。「這人是主星？」

主星？琴和柏的眼光，不約而同地看向天相與地藏。

但兩人還是如同完美的雕像，雙掌互抵，動也不動。

然後他們又將目光移到了在一旁的天機星吳用，而吳用則擺出一個無辜的表情。

「不是我……」吳用吐著舌頭，手指著琴與柏的背後。「搞鬼的，是他。」

「是誰……」琴和柏一驚，他們背後有人？他們同時回頭，他們背後竟然已經站了一個人。

此人身穿一襲貴氣的酒紅色長衣，臉上戴著一張紅底白紋金線的面具，就站在琴與柏身旁一公尺處。

「你是誰？是什麼時候……站在這裡的？」琴忍不住倒吸一口涼氣，剛剛她與柏兩人打得暢快淋漓，理論上全身的感官都已經打開，但這人竟然可以無聲無息地出現在他們兩人的一公尺處？

此人的道行，究竟有多高？難道，他還在月柔與太白金星之上？

「可惜了破軍之矛與雷弦這兩把神兵啊。」那面具男子聲音斯文，但冷若寒冰。「你們根本使不出它們的五成力量。」

「你是誰？」琴全身每個毛細孔都灌滿了戰鬥所需的電能，她知道此人很危險，而且，不懷好意。

面具男子身體往後飄去，飄到了地藏與天相之旁。

「我是誰？嘿，說出來也無妨。」那面具男子說，「我是紅樓之主。」

「紅樓之主！」琴和柏互望一眼。「廉貞邪命！」

「沒錯，我就是廉貞邪命。」

「等等，你是黑幫？」琴不禁疑惑，「所以，你是來幫忙地藏的嗎？」

「妳說對了一半，」廉貞的手，在此刻動了。「我確實是黑幫，但我可不是要幫地藏，我是來……殺他的！」

我是來殺地藏的！

這句話尚未說完，廉貞的手陡然往下，而且目標確實不是天相，而是那位乾瘦慈悲的老人，地藏。

廉貞的手速度極快，但擁有電之力量的琴也快，她原本就握在手上的雷弦，弓弦顫動兩下，有如撥琴奏樂，兩根藍箭頓時激射而出。

只是這下子連琴自己也嚇了一跳，藍箭是她的頂級功力，領悟的時間並不長，竟可以使用得如此順暢？

難道和剛才與柏激戰有關？又或者是，偷窺地藏之戰時，地藏之手打通了她的脈穴。

「藍箭？不錯嘛，可惜要與主星一戰，未夠班啊。」戴著面具的廉貞邪命，聲音中透著一絲陰冷，右手竟然不閃不避，直抓而下。

藍箭，這琴的頂級之箭，竟被廉貞輕輕鬆鬆地握在了掌心。

「裂。」廉貞手一握，藍箭頓時化成片片電羽，消散無蹤。

「好厲害！」琴驚呼，緊接著她一躍而至，右手雷弦揮動，如同藍色之刃，朝著廉貞邪命劈去。

「以弓為刃，還算有點靈活度，但要我戰鬥還差太遠。」廉貞邪命左手張開，對準著琴。

乍看之下空無一物的掌心，卻讓琴心臟猛然一跳，她彷彿感覺到什麼，極度危險的東西，正從廉貞邪命的手心急射而出。

「要躲！」琴基於本能，往下低頭，而她低頭的同時，看見自己長長的數十根髮絲在空中飄落。

頭髮被切斷了？被什麼切斷？

琴還沒想通，廉貞邪命的右手已經按向了地藏的肩膀。

「再會了，陰界的不敗傳說。」廉貞邪命的手就要抓住地藏的肩，任何細微的攻擊，都足以破壞地藏與天相，太陽與黑洞的危險平衡。

如今，地藏的平衡將被破壞……地藏要輸了？

但，就在琴睜大眼睛，感到無力回天之際……她看見空中出現了，那個東西。

白白的，長長的，一條一條的，若丟入熱水中滾燙個三分鐘，就會變成讓人飽足且懷念的……麵條？

而麵條怎麼會出現在這？這不是「那個人」！「那個人」的技嗎？

那個以麵為技，那個總是喜歡煮麵給他人吃的少年，那個曾經以生命為賭注，將琴從颱風中帶出來送入租界，最後卻因為要引開敵人而不知所蹤的少年！

那個少年，如果是那個少年……

琴回頭，帶著歡喜的聲音，放聲大叫。

「小——耗！」琴語氣激動，「麵！是你的麵嗎？」

「是！」遠處，那個甩動一整排長麵的少年，不是別人，正是小耗。「琴姐，抱歉來遲了！」

這剎那，琴想起了初來陰界的那段歲月，莽撞、憨傻但卻純真到可愛的那段歲月，那是一段有著冷山饌、大耗、小耗還有小才、小傑的日子。

如今，有的人已經離去，有的人已經消失，但至少她還可以重新遇到小耗。

「小耗……」這秒鐘，琴的眼眶紅了，滿是濕潤的眼淚。

「琴姐，不忙敘舊。」小耗雙手不斷操縱著手上的麵條，有如長河浪濤般的麵條，神情戒慎。「廉貞邪命很強！婆婆說，他和黑白無常都是等級八，他們一樣危險！」

「嗯！你變厲害了！」琴點頭笑，「而且還是和以前一樣冷靜耶。」

上百條的麵條在空中亂舞，白粉如煙霧繚繞，不斷纏繞向廉貞邪命，聲勢浩大，但這團白霧中，只聽到廉貞邪命發出冷笑。

「一個丙級星，滾！」

說完，只是一瞬間，所有的麵條，竟然同時被切碎，整齊地、俐落地，被切成一段段食指長度。

然後，在如雨般落下的麵條之中，琴看見了，那細如髮絲般的線。

數不清的線，貫穿了麵條雨與白霧，筆直且狠辣地，朝著小耗而去。

「不可！」琴手上雷弦再現，藍色電箭已經蓄勢待發，她知道小耗雖然變強了，但廉貞邪命那有如隱形刀刃的細線太過可怕，就怕小耗被細線當場貫穿，好不容易的久別重逢又會化成生離死別！

但琴的箭還沒發，就聽到了一個少女的聲音，在罵著小耗。

「笨小耗，婆婆都還沒有叫你出手，你就出手了。這不是送死嗎？」少女說，「還要我出手救你！你這笨蛋！」

說完，只見小耗周圍突然豎起十二根銀色閃亮的音叉。

然後音叉同時震動，發出嗡嗡的低頻鳴聲。

「十二音叉亂入！」那少女如此喊著，「把那些討厭的絲線給斷光光吧！」

嗡嗡嗡嗡聲音不絕，在四周迴盪亂竄著，就算此刻琴的道行已經到了甲級星等級，仍感到些許暈眩。

在十二音叉無形的音波攻擊下，廉貞邪命的線雖細，也躲不掉無所不在的音波攻擊，啪嗒啪嗒數聲亂響，十餘根細線頓時斷裂，無力地飄落地面。

「星格者？」廉貞邪命聲音微微揚起，右手微微握緊，又有什麼東西從廉貞邪命手上射了出去。

「十二音叉，再擋。」少女再喊，「呈現防禦陣形！」

只見飄浮圍繞在小耗身邊的十二根銀色音叉，快速重新排列，排出了四三三二的陣法，四在前，三三居中，二則在最後。

這陣法酷似陽世足球隊的分組，透過音叉分組，互相共鳴，頓時產生了百倍的威力。

然後四三三二的音叉再次響動，這次琴感覺到音叉的聲音型態改變了。

不斷反彈交錯的音波，透過這樣的陣形，竟然組出了一個無形的音盾，剛好迎向廉貞邪命的線。

數條線被音盾一擋，無法衝入頓時歪折向外，少女則趁隙大叫：「笨小耗，還不攻擊？」

「收到，天喜姐姐。」小耗雙手手掌朝上，手心頓時浮現數十枚雪白如玉的小麵團。

每個小麵團都被揉得紮紮實實，紮實到有如陽世戰車穿甲彈般堅硬。

「去啦！」小耗大笑，「把廉貞邪命打成蜂窩吧。」

琴在一旁看著小耗這數十枚麵團，頭尖尾粗，速度極快，而且角度分布恰好封住廉貞全身上下每個逃生路線，琴忍不住喊了一聲：「好！音叉與麵團的攻擊組合天衣無縫，小耗你真的變強了。」

眼看麵團已經來到面前，廉貞邪命卻動也不動，只是哼一聲冷笑。「和你們這些小輩打到第三招，就汙辱了我主星的手。」

說完，廉貞邪命轉過了身子，背對這些飛馳而來的麵團。

而看到廉貞轉身，琴先是一愣，隨即大叫：「小耗！收回你的麵團！快逃！」

但琴的提醒慢了一步，因為廉貞腳下的影子突然拉長，濃黑色的影子以極快速度延伸，當通過麵團映在地面的影子時，頓時將麵團影子吞噬，而正在飛馳的麵團竟也同時墜落。

「這是什麼？」小耗大驚，「這影子！」

「逃！」琴拉起雷弦，她也不知道剛剛廉貞邪命用了什麼招數，但多次與甲級星和主星交手的經驗告訴她，此刻的廉貞邪命，很危險。

這是十四主星廉貞邪命的真正實力。

影子速度極快，幾乎就是光的速度，瞬間抵達小耗面前的十二音叉。

當十二音叉的影子也被廉貞的影子吞噬時，十二音叉像是失去了靈魂般，無力地往下墜落。

也許是因為十二音叉的道行能量遠比麵團更強，所以這次琴看見了十二音叉的掙扎，但十二音叉的掙扎沒撐過一秒，它就被地面廉貞影子冒出來的密密麻麻黑色細線給抓住，拖入了地面，然後消失在一片黑色之中。

「我的技！」天喜尖叫，「被吃了？」

黑影收拾了十二音叉，轉眼間就到了小耗腳下。

當廉貞的影子連上了小耗的影子，小耗頓時感到五臟六腑一陣空虛，彷彿全身虛脫，原本堅實的地面變得虛無，他整個人朝地面影子虛弱無力墜下。

同時間，琴的藍色電箭已經到了。

電光閃爍，逼開了地面的影子，但廉貞的影子只是往旁邊散開，下一秒又重新聚集，然後從地面伸出比剛才數目更多上數倍，密密麻麻的黑線，綁住了藍色電箭。

「我的電箭……」琴的心念與電箭相通，她只覺得電箭正在消失，像是食物掉入了胃袋之中，被翻動的胃液，給侵蝕出一個個孔洞，最後完全消失。「這個是什麼能力？太邪門了吧。」

「邪，當然邪，因為我就叫邪命啊。」廉貞冷笑一聲，不再搭理自己的影子，只是再次舉起了右手，對準了地藏的腦門。

「糟糕！」琴急忙回身，再次拉起雷弦，她現在顧不了小耗了，她必須阻止廉貞下手殺地藏。

而小耗那頭，琴替小耗爭取了逃走時間，他轉身就狂奔，但因為影子速度實在太快，只狂奔了兩步，轉眼小耗的影子又被追上了。

無聲無息，廉貞邪命的影子，已經和小耗影子接上了。

小耗的動作一頓，幾乎摔倒，整個人就這樣被地面如毛髮般的黑色細線捆住，就要往地底拖去。

「欸！放手啦！」少女天喜終於現身，她不顧自己死活，竟然伸手去拉小耗。「你這笨蛋，老娘還沒吃夠你的麵！你說過要煮一輩子的麵給我！不准你這麼隨便就死掉！」

只是當天喜的手拉住小耗的同時，兩人的影子連在一起，頓時共同成為廉貞邪命影子的餌食。

濃密的黑色細線，順著小耗的身體蔓延到了天喜的身上，天喜尖叫著，但她十二音叉剛才被吞噬，短時間無法恢復，眼看就要跟著小耗一起墜入廉貞邪命的影子中。

「可惡。」琴快速彎弓拉箭，藍色電光箭轟隆閃爍，不斷攻擊廉貞邪命，讓他右手無法順利落下。

但琴知道小耗已經快要被黑影吞噬了，她內心掙扎著，她該救誰？

而就在此時，卻聽到廉貞邪命那陰沉的笑。

「妳要救誰呢？」那聲音如同一抹影子般在琴的後耳處耳語著，「一個是曾經救過妳的少年小耗，一個是背負著天下大任的地藏，妳很掙扎吧？無論妳救了誰，或者是妳捨棄了誰？妳一定會後悔一輩子的吧，咯咯咯咯。」

「我要救誰？對……我要救誰？」

「妳打算捨棄多年不見的夥伴嗎？妳真是狠角色呢，這樣的狠角色，果然有爭霸天下的資格呢，咯咯，妳其實就和我一樣啊。」

「我、我不是！」琴內心戰慄，而這一下顫抖，頓時讓她剛剛射出的箭歪了那麼零點一公分。

藍箭那細微到不可見的偏斜，果然造成無可逆回的後果，藍箭被廉貞的右手撥掉，而他的右手已經到了地藏的腦門上方。

琴已經無力阻止了。

而她背後那影子耳語，則在此刻尖銳的笑著。「結果呢？妳救了誰？妳，誰都救不了啊。」

我，其實誰都救不了啊……

琴感到一陣無力，想要放棄一切的無力，但就在此刻，她忽然聽到了那個聲音，低沉爽朗，充滿魄力。

「就這樣放棄，有點遜。」

聽到這聲音，琴先是一怒，但隨即又因為怒氣充滿了力量，她不再拉箭，改手握雷弦，朝著廉貞的手劈了下去。

這招「以弓為刃」看似莽撞，但在怒氣噴發時使出，其實威力更強，速度更快，竟然追上了廉貞的右手，硬是逼著廉貞右手五指張開，握住了琴的雷弦。

「要你管！」琴這時才有時間回頭罵那個聲音主人，「你自己又好到哪裡去？臭柏！」

對，臭柏！這聲音的主人，就是破軍星柏！

「小心，妳的雷弦被握住了。」柏聳肩，「先注意妳那邊吧。」

「我……」琴正要說話，但卻發現眼前的雷弦，竟然和剛剛的電箭相同，被無數的黑色細線纏繞住了。

「雖然會慢點殺地藏，但如果能收下十大神兵，其實也不賴啊。」廉貞邪命冷笑著，「雷弦在十二神兵中屬於遠距離的攻擊武器，對我的影子技而言，是很麻煩的存在呢。」

「不好了。」琴感到雷弦正一點一滴地被對方拉走，更可怕的是，那黑色細線不只想要吃掉雷弦，甚至爬上了琴的雙手。

此刻，廉貞邪命這如毛髮扭動的黑色細線，不只要吞噬小耗與天喜，甚至連琴與雷弦都要一併收拾，換句話說，這場保衛僧幫與地藏的戰役，就要輸得一敗塗地了。

就要……輸了嗎？

然後，就在這個逼近絕望的時刻，琴卻聽到了。

聽到了，鋼琴聲。

溫柔、綿密，有如令人懷念的母親床邊細語的鋼琴聲，在這個空蕩的僧幫激戰之地，悄然迴盪起來。

當鋼琴聲一響起，只聽到小耗和天喜同時臉露喜色，異口同聲地說：

「來了！婆婆終於出手了！」

鋼琴聲叮叮咚咚不絕，那些是琴曾經聽過，卻又似不曾聽過的曲子，既是流暢優雅如蕭邦，又是靈巧動人如貝多芬，更是天才神秘如莫札特，每首曲子琴都聽過，但卻又充滿了新奇的新鮮感。

琴想起了莫言等人常說的，陽世與陰界是相通的，所以這些陽世的名曲，也許曾是陰界某個魂魄所創作，甚至可能是莫札特還在陰界尚未轉世前，所留下的名曲？

但這些曲子和陽世稍有不同，最大的差異是，陰界的鋼琴演奏，它的破壞力，是實質的！

不只是震撼人心而已！而是真真正正道行的破壞力！

每一個音符，每一個升降記號，每一下琴鍵，都飽含著充沛且精純的道行，在此刻的戰場上如一發發火藥充足的子彈，轟然炸裂。

這些音符，不只撫慰了琴的內心，更重要的是，它們，開始逼退了廉貞邪命的……黑影！

在鋼琴的旋律之下，黑影那如毛髮般不斷蔓延的觸手，竟然開始慢慢蠕動後退。

琴轉頭，忍不住用感激的聲音，喊出了這鋼琴演奏者的名字。

「您來了！天同星孟婆，好久不見了！」

寬闊的山嶺上，湛藍的天空下，一架巨大的鋼琴優雅聳立，而坐在鋼琴前舞動十指的，正是那位儀態端莊，雙目失明的十四主星之一，天同星孟婆。

「天同星，孟婆啊。」而廉貞邪命緩緩收回了他四處肆虐的黑影，面具下的雙眼，凝視著孟婆與她的大鋼琴。「好多年沒聽妳的演奏了，還是一樣，好聽。」

「……」孟婆沒有回答，但琴鍵音中微微上揚的音符，似乎在回應著廉貞邪命。

「身為政府的六王魂，但妳卻決定救地藏？」廉貞邪命淡淡地說，「妳可知道妳做這決定的後果？」

「……」鋼琴聲叮叮咚咚，聲音變得凝重而堅定。

「如同當年一樣，妳向來公正慈悲，不會畏懼強權。」廉貞邪命聲音冷漠，但冷漠之中卻又帶著一絲尊敬。「這樣，才是妳啊。」

「……」鋼琴聲音轉為溫柔，帶著認同的旋律，回應著廉貞的話語。

「不過，既然妳決定回來了。」廉貞邪命的聲音緩緩地上揚，話語中的脅迫力也愈來愈強。「妳會很清楚，我廉貞邪命的實力，不是妳對付得了的。」

「……」鋼琴聲陡然下沉，幾聲鏘然低音，頗有魄力。

「不過，」廉貞邪命閉上了眼，語氣又變回了溫柔。「無論等會該怎麼打，至少讓我好好聽完這曲，妳的曲子，破軍的風、武曲的電、天缺老頭的大笑、總是笑而不答看著一切的地藏，那一刻還真是令人懷念，不是嗎？」

「……」鋼琴聲中，孟婆似乎也想起了那一切，旋律變得細膩且輕柔，在此時此刻悠揚的樂聲中。剛剛兩人之間箭拔弩張的殺氣，蕩然無存。

一切，彷彿又回到那個夜晚，熊熊燃燒的營火前，眾多主星席地而坐，他們有的在飲酒，有的在高歌，有的笑而不語，有的起身舞動自己的風，有的大笑，有的高談闊論。

那是一個純淨且美好的時刻。

而在數年之後，陰界進入了政府與黑幫的大戰，主星們各奔東西，各為理念，展開了慘烈的廝殺。

但是那一晚，就是那一晚，孟婆演奏了這一曲。

叮叮咚咚的鋼琴聲，迴盪在山頂之上。

孟婆、廉貞邪命、琴、柏、小耗、天喜，所有的人閉著眼，安靜聆聽。

直到，最後一個音符，輕輕地咚一聲，按在琴鍵之上。

琴鍵的聲音迴盪許久，許久，直到最後若有似無的餘音，繚繞在山間的微風之中。

然後，餘音消失。

接著，廉貞邪命睜開了眼睛，眼睛如血焰一般赤紅。

「很好，音樂結束，」廉貞邪命冷笑，「殺戮，開始了。」

三十多年前，有一個女孩，隻身來到了天同星孟婆所居之地。

陰界。

天同星孟婆的居所不似天相、貪狼或是天府，有著森嚴戒備與強大兵力，這裡是一間大宅子，裡面的人來來去去，忙碌著陰界與陽世的事務。

這些人是鬼卒，他們記錄著每日無數筆生死紀錄，誰進入了陰界，誰離開了陰界，舉凡通過生死門的魂魄，都在鬼卒的紀錄中。

鬼卒很像陽世的公務員，他們沒有太強的武力、太大的野心，但卻必須擁有比誰都強的耐心，比誰都仔細的觀察力，以及最重要的一項特質，他們必須有一顆公正的心。

因為他們所存在的工作，必須處理太多生生死死的故事，如果你的心不公正，在生死簿上多記了一筆或少寫了一筆，都可能讓一縷陰魂無法轉世，或是來到陰界後從此落為無主孤魂。

對事務必須完美公正的鬼卒，他們的頂頭上司，就是天同星孟婆。

她之所以能成為這個角色，是因為每代的天同星都具備著一份獨一無二的能力——「取下記憶」，她可以取下陰魂的記憶，讓這個陰魂以如同白紙般潔白的心靈進入陽世，這是為了保護陰界的知識不至於外流，也是保護陽世不被陰界的存在而造成混亂。

魂魄們將孟婆取下記憶的能力，取了一個名字，就叫「孟婆湯」。

喝下孟婆湯，陽世種種化為虛無，陰界點滴埋入塵土，從此無憂也無慮，一如嬰孩誕生於母親腹中。

所以，天同星孟婆，是鬼卒的首領，也是記憶的掌控者。

三十幾年前，那名女孩來找孟婆，就是希望孟婆能取走她的記憶，讓她孤身一人去陽世，逃避她在陰界所遭遇的一切。

那女孩在哭。

哭的樣子，讓孟婆很心疼。

「身為十四主星，一旦進入陽世，也無法對妳特別開恩，我會取走妳一切記憶。」孟婆說，「可以嗎？」

「這，就是我要的。」那女孩面容姣好，一頭長髮，一旦思考事情就會歪著頭，那是融合了任性與可愛的模樣。

「唉，但一去陽世，就算妳回來了，一切都會重來，這樣值得嗎？」

「因為，我好傷心。」女孩低著頭，「我不要我的回憶了。」

「這，真的是妳的決定？回憶裡面，也有好的部分啊，連那些妳都想放下。」

「嗯。」

「好吧。」孟婆輕輕嘆了一口氣，「我掌管生死門，關於情這個字我看得很多，但人們總是看不破，唉。」

「嗯。」

「那，請就坐。」孟婆緩緩走到一架巨大鋼琴之前，「讓我摘下妳的記憶吧。」

這鋼琴足足有三層樓高，上面的紋路陳舊古老，但也是因為這份陳舊，讓它散發出無比的莊嚴氣息。

「嗯。」

然後，孟婆十指輕巧地在鍵盤上敲打，溫和的音符，也輕輕地流瀉出來。

在音樂聲中，武曲感到有些睏意，彷佛置身溫暖蕩漾的水中，讓她想起了羊水，那是母親孕育她的溫暖之地。

而當琴昏昏欲睡之際，耳中依稀傳來孟婆的聲音。

「武曲，我摘下妳的記憶之後，會以一首歌的模樣，存入『記憶風鈴』中。」

「我的記憶，會是一首歌嗎？好美。」

「我收藏著無數個記憶風鈴，直到主人回來，那些去陽世走了一遭，帶著疲倦魂魄回來的人。」孟婆的聲音，對琴而言，愈來愈遠了……「妳的記憶，也會是其中一個。」

「我想，對我的記憶，做一點事。」武曲眼睛已經瞇起，但她的指尖緩緩擺動，一股深紫色的電流，就這樣隨著她的手指流動起來。

武曲，竟能讓雷霆霹靂的電，如水般圍繞著她身體流動，操縱電的能力堪稱神乎其技。

「什麼事？」孟婆微微皺眉，她可以感覺到她的記憶之曲，被一股強硬的電流融入了其中。

那紫電流像是鎖。

穩穩地鎖住了武曲的記憶。

「我希望未來的我，如果真的回來陰界，要想得更清楚一點。」武曲說到這，臉露微笑，然後吐出最後一句話之後，就此睡著了。「她要明白，有些地方，必須繞遠路才能到得了。」

「有些地方，必須繞遠路才能到得了嗎？」孟婆沉思了數秒，音樂才緩緩地停止。「武曲，妳究竟為未來的自己，設下什麼樣的難關呢？」

「妳啊，真的是我見過最任性的女孩啊。」

二十九年之後，女孩終究被天命給召喚了回來，而等待她的，卻是比自己當時所預料的更險惡的局勢。

三大黑幫就要盡數覆滅。

而且這一次，連有著陰界最強高手地藏的僧幫，都撐不住了。

時間，拉回現在。

孟婆的琴音剛歇，廉貞雙眼睜開，目光如血。

「很好。孟婆，妳用一首曲子替妳們自己爭取了五分鐘的時間，」廉貞腳下的影子，不斷往外顫動。「但結果還是一樣的。」

看著廉貞腳下的影子，琴忍不住打了一個寒顫。

究竟是一種什麼樣的道行，什麼樣的技，讓琴如此打從心底發冷。

「廉貞邪命之——」廉貞的雙手張開，有如擁抱自然萬物，但他的擁抱卻是冰冷且恐怖的。「影子地獄。」

這一剎那，琴感覺到整個大地的地面都變成了黑色，有如一大片烏雲正籠罩上空，下一刻，地面更湧出無數有如長髮般的黑色線體。

線體擺動，纏住了琴等人的腳踝。

當琴的腳踝被纏住，她只覺得這幾年來在體內豐沛運轉的電能，竟然不斷地由腳踝往下流失……

「注意！孟婆！小耗！」琴提氣低喊，「這些線會吸取道行！」

下一秒，琴感覺到自己的動作變慢了，在這片陰影下，她的手腳像是被按下慢動作播放，速度不斷減慢。

而當她轉頭，她看見原本甩動麵團的小耗，因為動作減慢，麵團因此墜下，道行因為被吸取而單膝跪地，而剛剛使用十二音叉的女孩也同樣搖搖欲墜，她伸手想拉住小耗，但速度已經變得太慢，不但拉不住小耗，那女孩反而支撐不住先行倒地。

在眾人之中，唯一能維持正常行動的，就只剩下以巨大鋼琴為武器的，孟婆。

只見她神情嚴肅，雙手快速在琴鍵上敲打，一連串美妙但震懾力十足的音符，有如子彈從鋼琴熱弦中猛力射出。

「音符沒有影子，所以不會被影子地獄所吞噬。」廉貞淡淡冷笑，「這招確實對我有那麼點威脅。」

孟婆沒有回答，她眉頭緊皺，因為她正在全力抵抗從地面而來的影子地獄力量，那有如地獄觸手般的黑色絲線，正不斷想要纏上孟婆的椅子，想要纏上鋼琴，但全被孟婆的道行震退。

音符沒有影子，但孟婆和鋼琴有。

「音符沒有影子，自然有別的破法。」廉貞邪命手一揮，影子地獄的地面突然湧起幾個身影。「出來，哭影。」

它們也都是黑線，也都是影子，只是它們的形狀卻是人。

它們像是被強光照射後釘在地面的人影，那經過核子彈爆炸之後燒熔在地上的影屍，唯一的差別是，它們會動。

而且速度極快。

只見哭影搖擺著身體，眨眼就來到如子彈的音符之前，同時張嘴發出哭聲，那尖叫聲何等刺耳、銳利、詭異有如戰慄之音。

戰慄之音對上剛強響亮的音符子彈，頓時兩者相抵消，瞬間歸於寂靜。

「哼。」孟婆哼的一聲，趁著哭影攻擊時，突然改變鋼琴旋律，但這次的旋律如溪河般潺潺流動，卻沒有攻向廉貞，反而流向了小耗與天喜。

一大片音樂溪流覆蓋了小耗與天喜，頓時解了他們身上的影子觸手，然後水流後退，把小耗和天喜從地獄中捲了出來。

這一擊，確實解了小耗與天喜之危。

「聲東擊西？」戴著紅色面具的廉貞露出輕輕冷笑，「不錯，但妳別忘了，我的哭影妳還沒解決呢。」

同時間，這些哭影則像是豺狼般發出似笑非笑的哭聲，從四面八方湧向了鋼琴。

「呼！」孟婆舉起雙手，用力朝鋼琴彈了下去！

她再次全力演奏，剛強的音符在她周圍形成一個圓形的氣罩，撞開四處湧來的哭影，擋住了哭影們的攻擊。

「廉貞邪命的影子力量很強。」孟婆手指快速在琴鍵上舞動，額間已經微微滲汗。「他的道行功力和黑白無常在同屬危險等級八中要和他對決，勝算極低。」

剛剛被孟婆救到身邊的小耗和天喜同時問：「那怎麼辦？」

「得靠他們兩人。」孟婆的十指敲擊速度陡然增快，更在原本剛強的防禦旋律中，摻入一段悠揚輕盈的音樂。「他們兩個在這場戰役中，到底覺醒了多少實力？」

他們兩個？

只聽到孟婆這段輕盈的音樂有如一縷輕煙，瞬間溜過了試圖攔截的哭影群，來到了仍站在戰場上的那兩個人。

琴，與柏。

音符環繞著兩人，替他們阻擋了地面的那些黑色細線，使他們可以全力戰鬥。

而他們兩個在音符包圍之下，斷絕了四周不斷騷擾的影子觸手，他們凝住道行，傲然而立，看著眼前的廉貞。

「破軍與武曲？妳要靠這兩個實力不到當年五成的小朋友？笑話！」廉貞的右手，更在此刻抬了起來，五爪間都是黑影。

他沒有攻向琴與柏，他爪心的目標，是地藏！

「住手！」琴大叫，手上的電箭綻放清澈藍色光芒，源源不絕朝廉貞激射而去。

「沒用的。」廉貞的手絲毫不受影響，「頑影，出來。」

只聽到廉貞周圍出現嘻嘻哈哈的孩童笑聲，然後數個孩童大小的影子從影子地獄中浮現，他們互相打鬧著，朝著琴的藍箭伸手抓去。

轟砰、轟砰、轟砰，只見藍箭紛紛被頑影抓下，有的藍箭更被頑影捏在手心把玩，有幾支藍箭彷彿有自己的意識，一直奮戰到最後，才在電能耗盡後消失在大氣中。

「可惡！」琴再次拉弓，這次她灌注了百分之一百，甚至是百分之一百二十的力量，形成一把巨大無比的藍箭。「去！」

藍箭穿過天空，捲著強大如風暴的電能，射向了廉貞。

但廉貞的手依然沒動，周圍的頑影則發出乍聽下稚嫩但陰森的小孩笑聲，像猴群一樣攀上了這巨大藍箭，然後不斷啃食著藍箭，直到它來到廉貞之前，已經弱小得有如牙籤。

接著，廉貞只是輕輕吐出一口氣，藍箭就消散在空中。

只是，連續兩箭被破解之後，卻讓琴心中浮現了一個疑問。

這疑問從一開始只是在心頭一閃即逝，但在經過連番激戰之後，卻讓琴愈來愈困惑……那就是：「廉貞為什麼不快點動手？」

看著廉貞輕而易舉連破琴的藍箭，表示廉貞有足夠的時間可以擊向地藏，將這場強弱懸殊的戰役畫下句點，但他為什麼不這樣做？

廉貞的手，就這樣停在地藏肩膀上方一公分處，而他的臉，浮現出一抹詭異的笑。

直到下一瞬間，當廉貞做出了一個動作，琴忽然懂了。

甚至不只琴，包括孟婆、小耗與天喜，還有已經悍然衝出去的柏，都明白了。

廉貞的那個動作，是舉起了另一隻左手。

這隻左手所對準的，是地藏對面的那個人。

接著，廉貞的兩隻手同時微微抬高，就這樣一起落下。

右手，要打的是擊敗三大主星的陰界第一高手，太陽星地藏。

左手，要打的是政府的絕對掌權者，天相星岳老。

原來，廉貞想殺的人，不只是地藏！還有岳老！

原來如此！廉貞要的是整個陰界的王？他要成為易主最後統領者？

而這一剎那，所有人都意識到廉貞巨大的野心，所以全部都動了。

不顧一切地朝著廉貞衝了過去。

影子。

整個地面的影子全部湧現，頑影和哭影宛如漂浮的冤魂般瘋狂流竄，掩護住廉貞邪命，讓主人成就霸業，而這也是琴與柏第一次有了共同目標。

琴的電，與柏的風。

琴猛力拉箭，全力射出，她的電化成千萬伏特的一把藍箭，這把藍箭既沒有驚人的數目，也沒有巨大化的體積，就是一把純粹但強大到無庸置疑的箭。

這是琴超越十成功力的一箭，此箭一出，琴甚至感到全身虛脫，因為她已將全部的道行灌注其中。

藍箭剛出，柏的風也到了。

柏沒有說話，只是擺出最端正的姿態，雙腳微蹲，雙手緊握矛，眼神注視前方，猛力揮下。

當破軍之矛一揮，矛鋒捲動出深沉無光的黑丸之風，盤旋飛舞，追上了琴的藍箭，在藍箭周圍形成一團無堅不摧的風之利刃。

利刃捲動，替藍箭開路，兩者合璧威力豈止倍增，電帶著風，風捲著電，風電相輔，不斷將沿路的頑影與哭影轉成黑色肉末與碎片。

當頑影與哭影紛紛被擊潰，廉貞腳往地上一踩！地面頓時浮現一個龐大的影子，這影子有三層樓高，有如古老巨人，阻擋在藍箭之前。

它張開嘴，無聲吼出了一個名字：「孤影」。

「藍箭和黑丸也許能穿過孤影，但威力肯定會減低！」琴咬牙，「可惡，只能硬衝了。」

「不用。」孟婆的音符旋律，在這時候也跟上了。

旋律像是一條蜿蜒柔軟的鎖鍊，盤繞著巨大孤影的身體，然後猛一收緊，孤影不斷反擊，但音樂之索不斷收緊，鎖住孤影手腳身體與頭部。

然後，孟婆雙手十指用力一彈，發出震耳欲聾的奏鳴聲。

奏鳴聲中，音樂之索猛力收緊，孤影巨大的身軀再也承受不住，頓時破碎，碎成低語哀號碎片，同時間藍箭在黑旋的保護下，硬是穿了過去。

少了巨大如盾的孤影擋路，黑丸藍箭繼續挺進，風刃又割開數十隻影子，這一次，已然來到廉貞邪命之前。

就在廉貞邪命的，正前方！

「穿過去！」琴大叫。

「穿過去！」柏也怒吼。

這是兩人罕見的合作，藍色箭體在此時此刻，甚至透出了隱隱的靛色光澤，而黑丸轉速更在電能的帶動下變得更快、更快、更快，快到甚至扭曲出了空白的真空。

這一瞬間，黑丸藍箭竟然追上了廉貞邪命的雙手。

「好樣的！」廉貞發出不知道是讚嘆還是憤怒的低語，然後噗的一聲。

射中了。

黑丸藍箭，射中廉貞邪命了。

黑丸藍箭精準地、暴力地，甚至是華麗地，射入廉貞邪命的胸膛，正中心臟的位置。

緊接著，電能與風能在此刻毫無保留的釋放！

狂亂的電與銳利的風，開始從廉貞邪命的心臟處，開始往外撕裂，撕裂了他的胸膛，絞碎了他的雙手，劈開了他的腦袋，割碎了他的雙腳。

廉貞邪命，這一代主星，竟然在琴與柏的完美聯手下，碎裂成千百塊。

「贏了！」琴和柏一起歡呼，不自覺地拉起對方的手，就要擁抱，但動作到一半卻突然像是發現了什麼……兩人互看一眼，臉上泛紅，退了一步。

但就在他們同聲歡呼之際……他們卻又再次聽到了，孟婆的鋼琴演奏聲。

而且這次的琴音更急更強，有如從地底深處爬出，擠裂大地的巨蟒，猛烈且瘋亂地朝著地藏與天相所在地而去。

「孟婆！」琴猛然轉頭，只見孟婆罕見的亂了長髮，全力在鋼琴上彈奏。

「廉貞沒死！」孟婆聲嘶力竭，「他還在！你們剛才殺的……只是影子！只是他的影子而已！」

只是他的影子而已？

琴一驚回頭，看向地藏與天相所在之處。

而這一次，柏快了她一步，已經化成暴烈的風，單手抓著破軍之矛，朝著那裡撲了過去。

那裡，果然有一個廉貞邪命，而他的雙手，就要拍中地藏與天相。

但，風來不及到，比風更快的孟婆琴音也來不及到，廉貞邪命的雙手，五指間聚集濃烈無比的黑氣，已經拍上了地藏與天相的肩膀！

拍上了！

如黑髮般的影子，灌入了地藏的肩膀，地藏身體開始扭曲。

融化、垮下、消失、失衡的力量擊潰了地藏，地藏化作一攤影子，被地面上的影子地獄所完全吞噬。

「不要！」琴大聲尖叫，她眼淚無法控制地湧出。地藏，這個陰界最強之僧，支撐著黑幫最後力量的人，竟然就這樣……死了。

死在廉貞邪命的手上。

廉貞邪命的左手，同樣按向了另外一個男人，代表著政府權力，更是將地藏逼到這個境地的男人——天相。

可是，他的身體卻和地藏不同，天相沒有被黑影融化。

因為，他的手，抓住了廉貞邪命的左手。

天相的眼睛睜開了，那是比黑夜還要黑暗，比深淵還要深沉，那是宇宙中最寂靜的洞穴——黑洞。

「您醒了？」剛剛始終自信無比的廉貞，此刻聲音改變了，變得驚恐無比，更不斷傳來格格的牙齒撞擊聲。

「我醒了。」天相聲音低沉，令人戰慄。

「所以？」

「所以，廉貞，你無法取代我。」天相的手，有如黑洞，帶起強大吸力，竟然連廉貞邪命的影子，都一起被黑洞吸了進去。

「是、是、是。」廉貞全身發抖，他的影子，完全抵不住黑洞，被不斷地吸入，只要再一分鐘，他就會被完全吸入，連一點渣渣都不會剩下。

「廉貞，我會讓你統治黑幫，而我，將會成為統領政府與黑幫的共主。」

「是。」廉貞邪命低頭了，「是的，天相。」

「很好，那就把眼前不屬於我們的人，都給殺了吧。」

「遵命。」

廉貞邪命再次抬頭，瞪向了琴、孟婆、小耗與天喜，他黑色的影子再次蠢動。

而琴知道這次完蛋了，他們連一個廉貞都打不贏，更何況還有天相？這一次，真的真的完蛋了！

琴蹲了下來，她不知道該怎麼辦？該怎麼辦？

「笨蛋女孩，現在就放棄？」

笨蛋女孩？琴一愣，這不是某個人很常罵她的話嗎？那個人，那個人不是剛剛已經帶著所有的咒離開僧幫了？

琴帶著驚訝回頭，天空中忽然落下一道黑色的光。

筆直地照射在琴等人的身上。

「不夜燈？」廉貞邪命一愣。

不夜燈的光之中，忽然出現一條透明的大龍，龍張開大嘴，發出怒吼，以迅雷不及掩耳的速度，陡然吞下了琴、孟婆、小耗與天喜。

琴認得這條龍，這是收納袋之龍！

「莫言！」琴驚喜地大叫，「果然是你！」

「是我，妳這老是讓人擔心的笨蛋女孩！」莫言回應，周圍不斷放出收納袋，每只收納袋有如小型野獸，不斷吞噬著周圍的影子。「而且，還不只我過來而已。」

同時間，收納袋的龍前面，砰砰砰砰砰砰，幾聲連綿不絕的沉重聲響傳來，竟是十一道巨大的門。

門的型態各自不同，有的是水，有的是銅門，有的是木門，但這些門都是緊閉的，都是為了阻擋廉貞邪命的影子。

「橫財！」琴再度驚喜地大叫。

「哼，老子不是真的想救妳，只是妳就這樣掛了，老子就沒有胃可以掏來玩玩嚕。」橫財吼著，他的十一道門，不斷抵擋著影子，而影子同樣夾著巨大能量，衝撞橫財的門。

雙方互撞，引起一陣又一陣驚天動地的碰撞聲。

「這裡可不只我和橫財兩個甲級星，還有一個操作不夜燈，帶我們回來的傢伙。」橫財說。

還有一個甲級星？琴看見了天空中出現了一支大筆，大筆揮動，在空中出現了一個又一個符咒，符咒像是有著自己的意識，追擊著不斷撲湧而來的影子，兩者同歸於盡炸開。

見到這支筆，琴想起在便利商店時，那支不斷劃傷自己的紅色原子筆，以及手握紅色原子筆的那個男子。

「這是稽核員化九九？你也是甲級星？」

「我是化錄星，我是僧幫幫主地藏以下，兩大甲級星之一。」化九九看著琴露出微笑，但微笑中帶著濃濃的悲傷。「可惜，我們的地藏死了。」

「嗯。」琴咬著下唇，點了點頭。

「但至少我們得完成地藏老人家的心願，」化九九咬著牙，「把你們平安帶離這裡！」說完，天空中的大毛筆不斷揮舞，在濃濃的墨汁飛濺中，一個又一個燦爛美麗的符咒出現，化成各式各樣的攻擊，反擊著四面八方湧來的影子。

此時此刻，擎羊星神偷莫言、陀螺星鬼盜莫言、化錄星化九九，三大甲級星同時出現，傾全力護住琴與孟婆等人離開。

而在這片混亂中，琴想起了柏。「喂！柏，你也來吧！」

柏手裡握著破軍之矛，眼神注視著琴，他沒有動。

「快點上來！離開政府！我們一起去外面闖蕩！」琴看出了柏的遲疑，周圍的激戰愈來愈猛烈，此刻天相尚未出手，但在廉貞邪命的影子地獄之中，滿是各形各色的恐怖影子，正展開無比猛烈的攻擊。

面對如此全面且瘋狂的攻擊，要不是琴這邊有一個孟婆加上三個大甲級星，早就崩潰了。

這剎那，琴看到了柏的眼中，流露出那麼一點溫柔與眷戀，但眷戀之後，卻是更頑強的決心。「琴，我不走。」

「你……」

「我有想做的事。」柏語氣堅毅，「我得留下來。」

「笨蛋！」琴叫著，同時間，她聽到一旁莫言的大吼。

「走了！撐不住了！天相一出手，我們誰也走不了了！」

然後，在混亂與惡戰中，琴突然感覺到，周圍就像是突然潛入了深黑色的水中，不只變得一片漆黑，喧鬧的聲音也瞬間靜止。

琴知道，他們成功進去了……成功在眾人保護之下，潛入了不夜燈之中了。

三大甲級星也同時退入了不夜燈之中，黑色的不夜燈燈束消失。

這個僧幫曾經屹立八百年的山峰之上。

如今，就剩下天相、廉貞和滿地或死或暈的陰魂。

還有，那個連屍骨都不存的……地藏。

這場仗，黑幫輸了。

徹底的輸了。

第八章・新的旅程

凌晨五點，陽世。

小風起身，她甩甩長髮，小心翼翼地跨過滿地狂歡後昏睡的人們，往門外走去。但當她走到門口，卻聽到一個細細柔柔的聲音。「小風學姐，妳要走了嗎？」

「咦？」小風訝然回頭，她見到倒臥的眾人之中，有一雙明亮的眼睛正看著自己。「妳沒睡，小靜？」

「剛剛睡了一下，但因為作了夢，很快就醒來了。」小靜淡淡地笑，「我夢到了琴學姐。」

「喔？」小風神情瞬間溫柔起來，「妳夢到她了，那是什麼樣的夢呢？」

「既不算好夢，也不知道能不能說是惡夢。」小靜嘆氣，「那是一個大混亂戰鬥的夢。」

「戰鬥？」

「我夢見，琴學姐死後去了一個充滿古怪武術的地方。夢見她和好多厲害到難以形容的人打架。」

「最後呢？她贏了嗎？」

「沒有，她沒有贏，琴學姐想保護的人死掉了。」

「啊。」

「琴學姐一定很傷心。」小靜閉上了眼，而小風則從門口又走回了小靜身旁，坐在她旁邊。

「我也作了一個夢。」

「也有琴學姐嗎?」

「沒有。」小風搖頭,「我夢見了一條巨大透明的龍,而那條龍和他的朋友,會去把琴救回來。」

「真的?好像很有趣。」小靜安靜地微笑。

「說有趣嗎?我也不知道。」小風抬起頭,「但這個夢和前幾天的夢感覺很像。」

「很像?」

「那時我夢見妳需要幫忙,然後我發了很多簡訊找很多朋友一起祈福集氣,」小風說,「最後我們的思念化成……」

「化成一條一條的思念,把我和蓉蓉帶回來了。」小靜突然接口。

「咦?妳知道?」

「是的。」小靜看著小風,「那個夢,與我的夢,完全相同。」

「喔。」

「我就是靠著那個夢,把蓉蓉從昏迷中帶回來的。」

「所以,那也許是真的存在的世界?」小風臉上沒有驚慌,充滿自信的她彷彿早就知道了一切。「而琴,如今就在那裡?」

「嗯,我也是這樣想的。」小靜微笑,「琴學姐一定在那裡大放異彩!」

「是啊。」小風微笑，「不管什麼世界，琴都可倚靠著她的……單純與勇敢，活得非常精采。」

「單純與勇敢，妳是在說學姐笨笨的嗎？」

「我可沒這麼說，嘻嘻。」小風微笑。

「小風學姐，我有點愛睏了。」小靜打了一個呵欠，把頭靠在小風的肩膀上。「小風學姐，謝謝妳，是妳把我和蓉蓉帶回來。」

「不客氣。」小風沒有抗拒小靜將頭靠在自己的肩膀上，默默地挪動了一下姿勢，讓小靜睡得更舒服。

而有了溫暖依靠的小靜，帶著濃濃睡意，有如夢的囈語：「小風學姐，妳相信人與人之間是互相吸引的嗎？」

「相信。」小風仰著頭，看著天花板。「當然相信，當年，我就是這樣和琴說的喔。」

「有小風學姐真好，好有安全感，就好像……琴學姐一樣。」

「嗯。」小風沒有回答，而她隨即聽到身邊已經傳來細微的鼾聲。

「睡著了嗎？」小風輕語，用手輕輕扶了扶小靜的頭，然後身體後仰，也替自己找了一個舒服的姿勢。

一陣睏意，隨著身旁小靜的細微鼾聲，有如溫暖的海水般包圍住了小風。

「和小靜一起睡一下，好像也不錯呢。」小風不知不覺閉上了眼，溫暖的海水完全包覆了小風，包括了她的意識。

她也沉睡了。

與小靜一起，在這個華麗喧鬧之後的凌晨五點，小風也閉上了眼，睡著了。

安靜且溫暖地，睡著了。

而在睡著的同時，夢境裡，一個詭異的步伐，悄悄靠近了。

陰界，不夜燈墜下，發出鏗然的聲音。

然後，一片黑色的燈影中，那巨大收納袋的龍在空中盤桓現身，一聲長吟之後，龍體消失，而身處於收納袋的人們，因此落了下來。

優雅神秘的孟婆、擅長煮麵的小耗、十二音叉的天喜、長髮任性的琴、陀螺鬼盜的橫財、化錄星化九九，全部都落了下來。

而當所有人的雙腳一落地，化九九立刻伸出手，抓住不夜燈，然後口中唸了一個訣。

「爆。」

只見一個亮紅色的符咒如蜈蚣，瞬間纏住不夜燈，然後轟然一聲，不夜燈整個炸裂，炸成了一大片黑色煙塵，再也無法使用任何法術了。

「不夜燈一毀，天相和廉貞邪命便無法追來。」化九九看著不夜燈的殘骸，「我們算是暫時安全了。」

只是，聽到化九九如此說，現場卻是一片沉默，沉默中更帶著淡淡哀傷的沉默。

所有人雖然沒有開口，但卻同時想著一件事。

陰界的未來，到底會如何？

這場政府與僧幫的大戰終於落幕，被稱作陰界最強的地藏，受到政府數十萬大軍圍攻，再加上天府星白金老人、太陰星月柔、貪狼星黑白無常，以及天相星岳老連番激戰之後，終於敗北。

敗北的代價，更是直接賠上了一條命。

而當地藏一死，當年能與政府抗衡的三大黑幫時代，終於宣告結束。

第一個是十字幫，隨著多年前琴的離開而消失了。

第二個是道幫，在天缺老人最後一戰後，由背叛者天策接管，更受控於政府。

最後一個是僧幫，地藏一死，也許它遍布各個角落的便利商店網絡仍會存在，但終將失去與政府抗衡的能力，更可能被政府接管，僧幫將變得名存實亡。

不只如此，近年來崛起的紅樓，由廉貞邪命掌管，表面上隸屬黑幫，事實上卻與政府氣息相通。

若廉貞邪命在天相的支持下，成為黑幫的新共主，等於黑幫終將成為政府的附屬之物。

黑幫時代，從此結束。

這陰界，將完全掌握於政府之手。

政府與黑幫，象徵著陰界的白與黑，一旦黑完全消失了，白完全統治了世界，將會徹底的失衡，白的權力無限上綱，人民的日子在暴政統治之下會變得更苦。

但，黑幫倖存者，又能做什麼呢？

地藏已死。

天缺已亡。

就算有這些倖存者，又能做什麼呢？

「回去了。」這時，孟婆開口了。

「回去？」喜神看著孟婆，「政府嗎？」

「當然，我們還有工作要做，掌管陰陽兩界的鬼卒，是我孟婆的工作。」孟婆說，「我本來就是六王魂之一。」

「但如果回去，天相岳老他……」

「他不會怎麼樣的，又或者說，他已經不需要做什麼了。」孟婆的聲音優雅，帶著壓抑不住的哀傷。「地藏已死，黑幫已歿，他要不要對我動手，都已經不重要了。」

「原來如此……」

「掌管記憶是我孟婆的天職，所以我得回去了，不然陰陽兩界會大亂的。」孟婆揮手，

「也許會被政府處罰，會被冷落或排擠，但終究會讓我做我該做的事，這就是天相，一切以利益為優先的天相。」

「嗯。」天喜點頭。

看著孟婆緩慢離去的背影，天喜跟上去走了幾步之後，卻回過了頭，看著小耗。

「小耗，你……一起來嗎？」天喜問。

「我……」小耗有些遲疑了，他看了看天喜，又看了看琴。

多年前，琴剛入陰界，就是小耗和大耗帶著她一起在陰界闖蕩，那段歲月既莽撞卻亦充滿樂趣。

改變那一切的，是那場颱風之戰。

小傑與小才叛變，大耗陣亡，冷山饌師父失蹤，小耗帶著琴逃入租界，而小耗自己則試圖引走敵人。

在一連串的跟蹤、截殺、假動作引誘的逃亡過程中，小耗身受重傷，直到被孟婆出手所救。

接下來，就是跟著孟婆的這段養傷歲月，既平靜又充實，小耗每天煮麵給婆婆與天喜姐姐吃，她們兩人的恩情，是小耗一輩子也還不完的。

想到這裡，小耗發現自己無法邁開步伐朝著琴而去，只能愣愣地看著琴。

然後，琴露出溫柔的笑容，她朝著小耗走去，並輕輕拍了小耗肩膀一下。

「嘿，去找那個可愛的小姑娘吧，小耗。」

「可是……」

「沒啥可是喔。」琴微笑，「你的麵，她們很愛吃，對吧？」

「嗯。」小耗點了點頭，「她們總會吃光光，我不斷變化新的菜色，有時候我不只煮給她們，也會替鬼卒們煮麵，每個人也都很喜歡。」

「那才是重點喔。」琴凝視著小耗，眼睛是美麗的燦爛。「每個具有星格的人，都有他的天命，既然找到了天命，就不要違背它，去吧小耗。」

「可是琴姐，我也想替妳煮……」

「有一天，我一定會再次來到你面前。」琴的笑容，又是那令人無法討厭，甚至有點喜歡的一股任性。「那時候，你會煮麵給我吃吧？」

「琴姐來找我……會！」小耗露出開心的神情，「我一定會超認真地煮麵給琴姐吃！」

「那就好，」琴臉上帶著微笑，「可別忘記嘍。」

同時間，琴回過了頭，看向了孟婆與天喜。

天喜被琴看著，不由得臉上微微紅了，嘴裡小聲唸著：「難怪小耗老是對妳念念不忘，妳真的有點帥。」

「那我們走了。」孟婆對琴點了點頭，然後孟婆以雙手收攏長裙下襬，再次坐回了演奏者之位。

雙手十指高高舉起，然後十指落下，指尖下的琴音出乎意外的溫柔。

一串輕盈的音符流瀉而出，包圍了孟婆，也包圍了天喜與小耗兩人，三個人連同這架大鋼琴，緩緩離開地面，飛行了起來。

然後，音樂加快，鋼琴與三人飛行的速度也跟著加快，音樂再次加速，眾人就這樣如同流星一般，飛過了半個天空，消失在遠方。

琴凝視著天空中那帶著音樂的優雅流星，她禁不住讚嘆：「把音樂當作飛行動力，好優雅的招數，真不愧是天同星孟婆啊。」

當孟婆等三人離去，接下來說話的是化九九。

「我也得走了。」

「走了？」

「地藏已死，僧幫已成空殼，我得去躲躲了。」

「躲？」

「僧幫化整為零，四下流散，政府黑白無常和黑幫廉貞邪命掌權，這兩個人都是心胸狹窄，心狠手辣之流，他們不會放過我們這些舊黑幫餘黨的。」

「嗯。」

「更何況沒了地藏，要和天相等人正面交鋒沒有絲毫勝算，得先去躲一陣。」化九九眼望遠方，緩緩吐出了一口長氣。「不過，在黑幫末路的此刻能夠遇到妳，琴……我還是覺得很開心。」

說到開心兩字，化九九悲傷的臉，終於露出了淺淺的微笑。

「我也是。」看著化九九的微笑，琴也回贈了一個溫柔的微笑。

「這東西，送你。」只見化九九從口袋抽出了一支紅筆，琴認得這支紅筆，在便利商店之戰時，化九九就是用這支紅筆不斷發出凌空的筆氣，把琴割得滿身是血。

「這支筆，你不是隨身攜帶，我怎麼好意思……？」

化九九忽然聲音放低，「這支筆，不是普通的紅筆。」

「不是普通的紅筆？」琴看著化九九手上這支筆桿純白，筆頭淺紅，還沾著淺淺墨水印漬，真的是一支非常其貌不揚的筆，忍不住懷疑地問。

「這支筆有兩個厲害的地方。」化九九小聲說，「因為它灌注了我的道行，所以，它可以操縱咒。」

「操縱咒？」琴一愣，「你是說，藏咒室裡的那些咒嗎？」

「是啊，藏咒室裡十萬多個咒，就是僧幫強大的秘密，如今政府就算殺了地藏奪取僧幫，沒有這些咒，短時間也許仍可以維持僧幫營運，但時間一長，一旦想要推出全新商品，或是出現厲害的競爭對手，便需要透過咒替這些物品變更模樣或功能，這時候僧幫就慘了。」

「沒有這些咒，僧幫只能重複賣舊的商品，你的意思是這樣？」

「正是。」化九九說，「當然，還有第二個方法……」

「什麼方法？」

「找到會寫咒的人。」

「那不就是你？」

「是，」化九九苦笑，「這也是我打算躲藏的原因，不過僧幫中會寫咒的人並不只我，九僧玠王僧、芥草僧、蚧虫僧、吤口僧、砎石僧、紒糸僧、疥病僧、妎女僧到魪鬼僧，其實多少會寫，只是能夠寫的咒不太一樣，功力也有高低之分。」

「那他們……會幫政府寫咒嗎？」

話到此處，化九九突然沉默了，嘆了一口氣才開口。「也許，其中有人會。」

「咦？」琴歪著頭，「你的意思是？」

「這次天相能闖入僧幫，雖然說是因為地藏放了你們進來，讓政府得以尾隨其後，但其實僧幫戒備森嚴，又有『吃飽飽關』與『洗香香關』兩大關卡，天相數十萬大軍如何以破竹之勢衝入僧幫本部？必有熟悉僧幫之人為其點亮不夜燈。」

「必有熟悉僧幫之人，為其帶路……」琴眼睛睜大，「你的意思是？」

「我的意思是……」化九九咬牙，「僧幫之中，必有內賊。」

「內賊！」

「是的，這內賊地位肯定不低，也許就在九僧之中。」化九九嘆氣，「就像是道幫的最大內賊，就是劍堂堂主天策，所以道幫在一瞬間就天翻地覆了。」

「是啊，」琴聽到這，不禁垂下眼簾，道幫之戰她也曾身在其中，她知道其中險惡之處，更想起仍被困在政府牢籠中的木狼。

「我送妳這支紅筆，除了寫咒，還有第二個功用。」

「第二個功用？」

「透過紅筆，寫下我的名字，『化九九』，我立刻可以感應到。」化九九說。

「這也是一種咒嗎？」

「是的，這也是一種咒，我纏繞在這支紅筆上的咒。」化九九提到了咒，臉上總算浮現了一絲笑容。「如果有天需要我，寫下我的名字，不管多遠我都會趕來，也許我沒有莫言和鬼盜這麼擅長戰鬥，但好歹也是甲級星，必能幫上忙。」

「嗯，謝謝你，化九九。」

「另外，有空多用這支筆寫寫字吧。」化九九說，「妳現在也許對咒很陌生，所以就算拿著這支筆，能寫出的咒也很有限，但隨著時間總會進步，好好享受咒的樂趣吧。」

「嗯。」琴看著手心的筆，然後用力握住。

咒的力量？

這就是地藏與僧幫的力量嗎？

「眼前黑幫也許慘敗，但不幸中的萬幸是，在最後一刻你們把所有的咒帶走了，也是替僧幫留下了最後一口氣，不愧是地藏大人，一定是想到了這件事，才放你們進來，甚至讓你們通過九牆吧。」提起咒沒有被政府奪走的事，化九九臉上總算有了笑容。「如果真有一天，有任何燎原之火足以燒滅政府的機會，請用這支筆找到我。」

「嗯。」

「在僧幫覆滅之役，地藏特別交代我要把妳保出來，一定有他的用意，而我也很開心，在戰局的此刻，能夠遇到妳。」

「我，我……」琴聽到這，臉都紅了起來。「太看得起我了啦。」

「我相信地藏，而看到妳之後，我更明白了一件事，為什麼地藏會想要相信妳？」化九九笑了，爽朗地笑了。

而琴看著化九九的笑容，她也禁不住微笑。

「那我告辭嘍。」化九九往後退了一步，然後手腕翻轉，又是一支筆。

這支筆筆尖由細毛製成，蘸滿墨黑濃汁，化九九舞動手上毛筆，一串柔滑圓滿的黑字符咒，在空中出現，黑字符咒彷彿有著生命，快速在空中滑動潛行，像是一條墨色之蛇，圍住了化九九的全身。

化九九低下頭一個鞠躬，忽然，符咒墨蛇往四面八方潑開，遮住了眾人的視線，等到潑墨散去，化九九已經消失了蹤跡。

「把自己搞得像是魔術師一樣，有比較厲害嗎？」莫言哼的一聲。

「也有他帥氣的地方啦。」琴低頭，看著手心裡的那支紅筆。化九九說，地藏交代一定要保住自己，到底是為了什麼？

只是，黑幫式微至此，真的有那一天，琴有親手寫下化九九的名字，將他從藏匿之地召喚出來的機會嗎？

可能嗎？

而琴的呆想，卻被一個聲音給打斷。

「笨女孩，那妳呢？接下來想幹嘛？」這聲音不用懷疑，自然就是身材高䠷，手握收納之龍的墨鏡男子，莫言。

琴仰起頭，看著比她高上一個頭的莫言，對莫言，琴總是比較有辦法。

「我嗎？我有件事想做……」琴歪著頭，長髮灑落她的肩膀，在此刻的陽光下，琴的笑容顯得好可愛。

「什麼事？」莫言一看到琴的表情，一股不好的預感油然而生，忍不住退了一步。「妳想要做什麼？」

「我有件想做的事。希望你陪我一起。」

「等等，先說清楚，妳究竟要幹嘛？」

「我啊。」琴瞇著眼睛微笑，「先答應，可以嗎？」

「誰要先答應！」莫言又退了一步，向來深沉冷靜的他，對於琴的任性表情，就是毫無辦法。「先說妳要幹嘛！」

「這些時間，我看到兩大黑幫被政府打得亂七八糟，陰界子民被欺壓到無法喘氣，每個人都怨聲載道，讓我很想做一件事。」

「政府強勢乃是此刻陰界的大勢，妳到底想幹嘛？」

「這件事做了，你絕對不會後悔，而且還會稱讚我冰雪聰明，勇敢可愛。」琴繼續瞇著眼微笑。

「別用這麼蠢的笑容看我，快說，妳要幹嘛！」

「我，」琴把臉湊近了莫言，看似虛假的笑容，其實有一雙比誰都真誠、都明亮純淨的眼神。「想要……」

「想要什麼？」這一剎那，莫言再次湧現強烈的熟悉感，那是在三十幾年前，那個來自武曲女孩的神情。

「我想要，」琴笑了，眼神又亮又真摯。「成立一個黑幫。」

我想要，成立一個黑幫。

「成立黑幫？」莫言看著琴，先是一愣，然後忍不住笑了。

「幹嘛笑？」

「妳知道怎麼成立一個黑幫？」

「呃，不就是……舉起旗子，不，有句成語叫做『揭竿而起』，」琴歪著頭，認真地想著。「我就舉起旗子，說我要弄一個黑幫，然後看誰要加入？不就是這樣嗎？」

「妳傻了啊，僧幫是幹什麼的？它是全陰界最大的連鎖商店。道幫是幹什麼的？它是最凶狠的武器商。十字幫是幹嘛的？它是搞出版的。海幫是討海的，公路幫是開車做運輸的，冰幫是賣冰的……所謂的黑幫，是要有一個職業的，不然不會有人願意聚集，更沒有最重要的……」

「最重要的什麼？」

「收入來源！」莫言看著琴，「沒有錢，怎麼搞黑幫？」

「是耶，」琴歪著頭想了一會，忽然笑了。「莫言你的頭腦真的很清楚，所以我至少做對了一件事。」

「哪件事？」

「找你入幫啊。」

「放屁嘿。」莫言冷哼一聲，「誰要入妳的幫派。」

「你一定要入幫，我會編第一號給你。」琴笑，「快點幫我想想有什麼人可以變成幫派？」

「想不到。」

「嗯嗯。」琴歪著頭，「那我認真想想，等想到了再找你。」

「不用找我了嘿。」

「謝謝。」

「我說不用找我了嘿！幹嘛和我說謝謝。」莫言額頭青筋暴突，這女孩是怎樣，都不聽人講話的嗎？

「謝謝，就這樣說定了。」琴說到這，認真地伸出了手。「你是我的黑幫第一號。」

「笨蛋……」也就在這一剎那，莫言看著琴的手，他還是伸出了手。

握住。

「謝謝。」琴笑了，「有一天，等我想出黑幫要幹什麼？還有最重要的，黑幫名字，你就加入。」

「哼。」莫言眉頭皺著，他搞不懂自己為何要伸手和琴相握，他只知道，這女孩實在太令他煩惱了，如果不在她旁邊照顧她一下，她可能每幾天就被政府追殺到喪命，更何況，她還想搞一個黑幫呢。

「既然目標已經定了。」琴笑著伸了伸懶腰，「那接下來先把第一件掛心的事情做一做吧。」

「啥事？」

「就像地藏和我說的，我必須再回去那裡一次……」

「那裡？」

「沒錯，正是那裡！我身分被顛覆之地，也是夥伴死傷之處！」琴微仰著頭，注視莫言墨鏡後的雙眼。「強烈颱風的核心，長生星藏身處！」

琴的腦海中，浮現當時地藏的手所比出的那句話。

『長生星辨星如神，絕對不會錯，但並不表示他一定會照實……』

所以，琴想要再一次，再一次親口問問長生星，也許，會有不同的答案？

「妳這小姑娘……」莫言下巴微微抬起，由上而下睥睨著琴。「想再回去一次颱風？妳沒忘記颱風裡面有多危險了吧？從A級到C級，成千上萬各式各樣的風形陰獸居住其中，上次可是死了不少陰獸獵人嘿。」

「所以，才要你陪我去啊。」琴看著莫言微笑，「怎麼？鼎鼎大名神偷莫言，怕了？」

「怕了？」莫言看著琴的微笑，琴的臉本來就帶著幾絲孩子氣，這可愛的五官掛上這帶著挑釁意味的笑，組合出專屬於琴的獨特魅力，而就是這份魅力，讓莫言稍稍閃了神。

「對啊，是不是怕了？」琴再往前走了一步，她小巧的臉蛋，更加靠近莫言。

「哼，誰怕了。」莫言瞬間收斂了心神，「我只是在想，妳激將法的技巧，也未免太差了。」

「對啦，我就是不會激將法，那你要不要陪我去？」

「激將法不行，改成要賴了嗎？」

「喂！臭莫言！快點回答我啦！」

看著琴歪著頭的模樣，莫言突然有種鬆了口氣的感覺，這女孩是不是有什麼魔力？剛剛自己明明就因為地藏之死，黑幫未來而感到憂心忡忡，但卻因為逗弄這女孩，而感到輕鬆起來。

彷彿只要跟著她那無厘頭的行徑，在陰界到處闖蕩，一切就會變得有趣起來？

自己是不是因為這樣，而忍不住伸手和她相握，答應了加入黑幫這件事？

「哈哈。」莫言想到這，忍不住低頭笑了起來。

「幹嘛笑？」

「妳啊，真的很傻耶。」

「幹嘛又說我傻。」

「這份傻，實在有趣。」莫言笑著，「那我就勉為其難的，和妳跑一趟啦。」

「耶！」琴歡呼，而莫言沒有察覺到的是，他的臉上不自覺地多了一抹笑容。

一抹「就算黑幫們全部覆滅，政府獨攬大局，但陰界未來仍因為這女孩而充滿趣味」的微笑。

當莫言決定跟隨琴再闖一次颱風時，莫言轉頭問了他多年來攜手奮戰的夥伴。「橫財，那你去嗎？」

「不了。」橫財搖頭，「這一場老子就不跟了，跟著這女孩，我怕我哪天真的會金盆洗手，開始改做慈善事業嚕。」

「哈哈哈。」莫言大笑，「你也覺得這女孩很有趣吧？如果你要走，把你的那一份拿走吧，我把咒分成兩半，你自己選一份走吧。」

「不收了。」

「不收？」莫言一愣，鬼盜橫財什麼東西不能搶？什麼東西不能奪？竟然不要這些僧幫價值連城的咒？

這些咒，可不只是僧幫的商業機密而已，更多的咒其實來自許多的委託者，這些委託者之中，肯定不乏各方豪俠，一如周娘的星穴，其中恐怕牽扯陰界中不為人知的秘密。這樣的咒，如果能找到適合的買家，懂得談判價錢，賣到千萬，甚至上億都有可能。

但這樣價值連城的咒，橫財竟然一個都不拿？

「不拿。」橫財罕見地搖頭，「這是地藏那老頭『騙』我們去拿出來的，如果賣了，感覺對不起他。」

「因為地藏嗎？」莫言了然於心地點頭，「把這些咒拿去賣了，確實對不起這老頭。」

「老子想拿就拿，不想拿就沒人可以逼我嚕，所以這次老子決定，不拿。」橫財鼻子噴出重重的一口氣，「不過，雖說不拿咒，但倒是希望在離開之前，能再嘗一次『那個咒』的味道。」

「那個咒的味道？」

橫財在此刻，這張滿是橫肉殺氣騰騰的臉，竟然露出了像是孩童般又是期待又是天真的神情。

「我說的，就是武曲的肉之咒。」

「喔？」莫言看了一眼琴，而琴點頭。

隨即莫言右手一翻一轉，那個盈滿了數萬個咒的收納袋，已然在他手中。

然後莫言輕笑一聲，雙手快速地交錯一次，有如魔術師般靈巧的動作之後，他的左手已然握住了一個透明的收納袋。

而這個收納袋之中，只有一個發著溫暖綠光的咒。

「要把這咒的力量完全發揮。」莫言沒有把咒遞給橫財，反而拿給了琴。「得先做一件事。」

「嗯，給我。」琴點頭，接過了這收納袋，小心翼翼打開。

綠色的咒，緩緩飄出。

它彷彿有著自己的意識，飄到了琴的鼻尖，像是撒嬌般在琴的鼻尖磨蹭著。

「你認得我？」琴微笑著，「你之所以來找我，是希望我把你的味道打開嗎，肉之咒？」

肉之咒不只磨蹭，還開始左右旋轉著，而琴則對著肉之咒輕輕吐出了一口氣。

被琴吐出一口氣之後的肉之咒，整個綠光亮度陡然升高，然後在這一瞬間，琴再次聞到了，那濃烈無比的肉之香氣。

香氣出現，琴更將鼻尖的咒，輕輕吹向了橫財。

橫財看著肉之咒離自己愈來愈近，忍不住猛吞口水，然後當肉之咒來到橫財的前方，他感覺到了飢餓。

濃烈的、炙熱的、像是在鐵板上滾動的肉，發出讓人從胃直到喉嚨，再從喉嚨到腦門的那股飢餓感。

橫財的嘴巴打開了，而肉之咒，則流瀉出一股透明的氣體，朝著橫財的大嘴流入……

「對，對，就是這個味道！」橫財張口大嚼著，嘴裡喃喃自語。「當年，武曲的肉之咒就是這味道，那是融合了南美炙熱山脈上的獨角野牛肉、迷霧森林深處優雅的雪之雞肉、南極海洋深處晶瑩如雪的銀色鱈魚肉，更有著世界各種總共七十二種蔬菜的氣味，融合在那個肉之咒中。」

橫財不斷吃著，而神奇的是，琴看見橫財的肚子竟然慢慢隆起，彷彿真的有大量的肉，從他的嘴進入了他的胃。

「好吃！真他媽的好吃！」橫財不斷咀嚼，直到肚子，真的鼓到不能再鼓了，他才終於停下了動作。

他的眼睛閉著，似乎在留戀著最後的味道。

不知道過了多久，當橫財睜開眼，他嘴角上揚，露出無比滿足的微笑。

「好吃，真好吃。」橫財笑了，「為了這肉之咒，闖進僧幫九死一生，也值得了。」

「這樣的吃法，會不會被你吃光啊？」莫言看著這肉之咒，「嗯，果真吃了不少，這肉之咒看起來小小的，裡面可藏了十噸重的肉，老友，你吃掉了二十分之一呢。」

「嘿，爽快！」橫財搖搖晃晃起身，他肚子明顯鼓起，鼓到他連行動都有困難。「真是爽快。」

不過令琴瞠目結舌的是，她的數學不好，但也能算出十噸的二十分之一是……零點五噸！是五百公斤？橫財的肚子，剛剛裝了五百公斤的肉？

那是可以把一輛大卡車完全裝滿的肉？

「這能量絕對夠我用一整年啦。」橫財笑得開心，用力拍了拍肚皮。「喂，那個叫做琴的女孩。」

「幹嘛？」

「妳如果真的要重現聖．黃金炒飯，可不准辜負武曲的這肉之咒。」橫財瞇著眼，「武曲的黃金炒飯，可是讓所有的食材完美融合，甚至提升兩個檔次以上的無敵料理，誰說炒飯只能清冰箱！它可是一道能創造無數小孩對媽媽的回憶，以及恆久流傳的傳說中料理！」

「聖．黃金炒飯，真有那麼厲害？」

「就是有這麼厲害！我是堂堂甲級陀螺星，鬼盜橫財是也，盜盡天下寶物，也吃盡各式各樣美食怪食，我說這炒飯厲害，就絕對是厲害。」橫財拍了拍肚子，轉身就要走，只是他才走了兩步，突然間，他發現自己的背部被人輕點了兩下。

橫財回頭，看見這指尖的來源，正是琴。

「幹嘛？」橫財問。

「你是不是忘記了一件事。」琴雙手扠腰，仰著頭，看著高壯的橫財。

「什麼事？」

「我們的賭約，你應該要讓我看什麼？」琴伸出右手，對著橫財露出可愛但卻挑釁的微笑。

「看……看什麼？」橫財在這一剎那，確實也想到了，他與琴曾經打一個賭，而這個賭金，就是橫財要掏出自己的胃給琴好好觀賞。

「說好了，我要看你的胃。」琴的手伸得直直的，「嘻嘻，堂堂甲級陀螺星，鬼盜橫財是也，怎麼會違背與一個小姑娘的承諾呢。」

「呃呃呃，」向來逞凶霸道的橫財，此刻額頭冒出一顆顆冷汗，但他畢竟是一代強豪，牙一咬，右手舉起，一道門就此出現。

然後用力一揮，朝著自己的肚子方向揮了過去。

只要手一到，他的絕技「破門而入吧強盜」就會在他自己肥碩的肚皮上打開一道門，而門後，正是剛剛塞滿了美味咒之肉，此刻正在努力蠕動的，胃。

誰叫當年他要打開琴的胃來示威，誰叫他要打賭輸給了琴，讓他的性命被琴所救。

但，就在橫財的大手就要拍向自己肚皮的瞬間，一陣麻痺感，從他手掌的指尖傳來，頓時止住了他右手的動作。

這份麻痺感，來自於另外一隻小手，帶著電能的小手。

而小手的主人，正是這場賭約的勝利者，琴。

「其實，你還挺守信用的，」琴微笑，用她的電勁，止住了橫財右手的技。「這賭金，我就讓你先欠著吧。」

「哼，欠著，那妳何時來和我討？」橫財皺眉。

「我開心的時候。」

「嘿。」橫財眉毛一揚。

「別忘了，你說你如果贏了我，就要吃一口咒之肉，你剛吃了嗎？」琴微笑。

「呃，我吃了。」

「那你賭注贏我了嗎？」

「沒，沒有。」

「那該怎麼辦？你明明賭輸了，卻拿走了我的賭金，又不肯交賭金給我。」琴眼睛直直地看著橫財，此刻的她，機靈而充滿自信，竟然完全在氣勢上壓住了鬼盜橫財。「你說你是不是欠我一次？」

「這、這有點像耍賴。」橫財氣勢被壓住，只能抓抓頭髮。

「不管，你欠我一次。」

「好好好。」橫財舉起雙手，「老子認栽了，哼。」

「放心，絕對不會叫你做違背你盜賊精神的事啦。」琴微笑，「不然你問問莫言，我對他真的很好呦。」

「放屁。」莫言在旁邊呸了一聲。

「老子欠妳的事，就這樣欠著吧。」橫財轉身，「我得找個地方好好休息一下，消化我的咒之肉，也順便避避政府的鋒頭，咱們這些曾經參加過僧幫之戰的，都會是政府的眼中釘。」

「嗯。」

「你們兩個也小心點啊，可別還沒到颱風裡面，就被政府的人給追上了。」橫財如同一團肉球般往前奔馳，聲音遠遠傳來。「到時候，我欠的東西，可就真的不用還了，哈哈哈。」

「不用還了嗎？才怪，我一定會讓你還的。」琴看著橫財逐漸遠去的背影，扮了一個鬼臉。

「好吧，現在剩下我們兩個了。」莫言看著琴，「出發前，我想吃頓好的。」

「啊，好吃的？」琴訝異。

「我們去吃，周娘牛肉麵吧。」

這裡，是周娘牛肉麵。

「兩大碗牛肉麵。」剛坐下，琴立刻伸手點了牛肉麵，而莫言則坐在她的對面。「這一碗我請你，盡量吃。」

「哎喲，轉性嘍？變得這麼大方？」莫言嘴角揚起，一抹帶著邪氣的笑。「不過，妳有錢嗎？」

「當然有，好歹我也在道幫幹過一年半載，積蓄也是有的。」琴哼了一聲，「難得老娘想要感謝你，吃就吃，不要廢話，還有喜歡什麼小菜，就盡量點。」

「喜歡什麼小菜就盡量點……怕真的把妳吃垮。」莫言笑了一聲，「不過妳要感謝我什麼？」

「一是你回來了。」

「回來？」

「你從道幫帶著整袋的咒離開，竟然又回來了。」琴單手托下巴，雙眼明亮地看著莫言。「明知道回來之後，可是要面對天相等怪物的，你竟然回來了。」

「哼，因為我知道我不回去，有個笨女孩會白白丟了性命。」莫言別過臉，「沒辦法，只好回去救那笨女孩的命。」

「等等，你臉紅了。」琴伸手比著莫言的臉頰，笑了起來，露出可愛的兩顆小虎牙。「你害羞了嗎？」

「放屁。」莫言瞪了琴一眼，「我怎麼會臉紅，是妳眼睛被影子地獄傷到了，結果連顏色都分不清楚了。」

「好啦，不鬧你了。」琴微笑著，「第二份感謝，是你願意陪我一起建立黑幫。」

「這感謝，等妳真的搞出黑幫再說啦。」

「第三，謝謝你陪我去一趟颱風。」

「哼，別說得好像是我想陪妳。我喜歡陰獸，我只是想去看看颱風裡面的陰獸狀況，最近幾年天氣異變大，人心浮躁，世界災難頻傳，我來看看是否有新品種的陰獸誕生。」

「真的假的，會有新品種的陰獸在颱風中誕生嗎？」

「當然是真的，颱風乃是極限環境之一，與萬丈山峰之巔，萬噸水壓之底，萬年無風之谷一樣，都屬於陰界的極限之地，這些極限之地最容易誕生新品種陰獸。」

「誕生新品種陰獸……」琴腦袋嗡然一響，「對了，道幫的小火狐好像也是在類似的極地被發現的。」

「小火狐？」莫言臉突然抬起，「妳怎麼知道牠？」

「有遇過啊，當時我在道幫的新人通道內，有碰到一隻黑黑小小的火狐，道幫的木狼和我說，某一代武曲好像叫做雷好，曾經帶回改變道幫歷史的一隻陰獸，小火狐。」

「小火狐？哈哈哈。」

「幹嘛？有什麼好笑？」

「這隻火狐，可是在百大陰獸排行第七十二的大陰獸喔，牠以火為食，以火為居，以火為武器，且不斷繁衍出小火狐，因為牠們能輕易創造超過五百度又穩定的火焰，是道幫煉製兵器不可或缺的夥伴。」

「原來是這樣啊……」琴聽得是猛點頭，回想當時的新人通道，還真是熱到讓她當場昏厥呢。

「而且，陰獸獵人間也流傳這一句話，也許妳曾聽過，也許沒有……」莫言看著琴。

「什麼話？」

「『蛋在道幫』。」

「蛋在道幫？」琴一愣，聽得是一頭霧水，「那是什麼蛋？蛋也是一種陰獸嗎？我待過道幫，沒看過什麼蛋啊。」

「我當時也不懂，但遇到妳之後，我覺得有一點明白了，」莫言慢慢地說著，「妳自己還沒想通嗎？」

「和我有關嗎？」琴抓了抓頭，「等等，不會和我有關，所以是和武曲有關？」

「有點接近了嘿。」

「武曲，蛋，蛋，武曲，蛋指的會是『蛋蛋的哀傷』嗎？不對，武曲沒有我這麼搞笑。蛋可能真的是蛋，但是蛋能幹嘛？在端午節拿來立蛋？拿來抗議政府又亂通過法案？或者是……或者是……拿來煮蛋炒飯？！」

「嗯。」

「蛋炒飯！」琴眼睛亮起，「所以是聖．黃金炒飯嗎？五項食材之中是米、高麗菜、橄欖油、肉，還有……蛋！」

「嘿，花了這麼久才想到，到底算是笨還是不笨呢。」莫言笑了兩聲，「算妳有進步好了。」

「所以武曲的最後一項食材蛋就在道幫嗎！」琴激動到幾乎要站起來。

「等等，如果是，」莫言伸手就要把琴按住，「妳在道幫為什麼沒有看見？」

「對，對。」琴又坐回去，歪著頭。「我在道幫中不只當新人，還跟包裝的婆婆們混得很熟，也碰到深藏庫房兵器知識淵博的小矮人，甚至到過道幫幫主天缺的房間，他們都沒有提過『蛋』的事……」

「對，所以蛋也許曾經在道幫，但現在應該不在了，不過陰獸獵人們又為何會流傳這句話？想必就算蛋現在不在道幫，它的下落也會和道幫有關……」

「可是我在道幫中沒有遇到任何線索啊？」

「誰說沒有？」莫言笑了一下，「首先，妳知道那個蛋，是誰的蛋嗎？」

「咦？誰的蛋？」

「十二大S級陰獸中，有的陰獸棲息在深海中，有的陰獸居住在沙漠裡，有的陰獸隨著風飄蕩，有的陰獸被人飼養，唯獨一隻陰獸，已經消失了數百年，卻沒有人知道牠的下落。」莫言說，「而牠是鳳凰，而牠的屬性，正是火。」

「火……」琴一愣，「火與道幫的淵源確實很深。」

「鳳凰是火系陰獸中最強，如果說有誰知道牠的去處，絕對就是另外一隻強大的火系陰獸。」

「強大的火系陰獸？」琴忽然懂了，繞了這麼大一圈，她終於聽懂莫言的話，也明白莫言為何一開始會這麼吃驚了。

「懂了嗎？」

「小火狐？」琴看著莫言，「小火狐會知道鳳凰的去處，而鳳凰就是蛋？」

「而這就是『蛋在道幫』的謎語。」

「好複雜！好複雜！武曲幹嘛把事情弄得這麼複雜啊！」琴撥了撥長髮，嘆氣。

「如果鳳凰重新現世，對陰獸獵人來說，可是一件大事，畢竟能抓到一隻S級陰獸可是許多獵人一輩子的夢想，所以武曲要把謎語設置得複雜一點。」莫言說，「也是合理的。」

「嗯。」

「小火狐會主動親近妳，一定是這原因，不過，牠也許失望了，因為牠不確定妳是不是武曲，又或者說牠認為妳沒有準備好。」

「這件事就不用擔心了。」琴抬頭，看著莫言。

「喔？怎麼說？」

「因為，我們這一趟颱風之行，就足以把這件事弄清楚了。」

「這麼有自信？」

「因為是地藏說的。」琴點頭，「我一定要回去一趟，這麵我請，我們吃飽好出發！」

「那——」

不過，就在莫言要繼續接話之際，忽然，一個女子聲音傳來，直接打斷了兩人。

「錯了，錯得離譜！」

「錯在哪？」而莫言與琴同時抬頭，看向那聲音來源。

「錯的地方就是……」那女子露齒一笑，可說是徐娘半老，風韻猶存。「這兩碗麵的錢，我不打算向你們收！這筆帳算我的！」

這筆帳算我的！

聽到這熟悉的嗓音，琴立刻露出開心的笑容。

「周娘。」

「你們兩個也太沒義氣，」周娘把兩份特大碗的牛肉麵，砰一聲放到了琴和莫言的面前。「來我家吃麵，也沒有說一聲？」

「你家牛肉麵生意太好，看你們正忙著，不敢打擾。」琴帶著撒嬌的語氣，「妳不會怪我們吧。」

「當然怪，怪你們把我當外人。」周娘一屁股坐了下來，也不管此刻的牛肉麵店，到處都是喊著「要點餐」、「我的麵怎麼還不來？」、「加麵加菜加湯」的嚷嚷聲，她是老闆娘，想坐就坐。

「不敢啦，周娘，我們怎麼敢把妳當外人？」

「知道不敢就好。」周娘豪爽地笑著，「快點嚐一口麵，馬上讓你們知道，為何我家的牛肉麵店生意為何會如此興隆？」

「真的假的？」琴疑惑，「本來就很好吃了，難道現在更好吃嗎？」

說完，琴將長髮攏到右耳後，低下頭，吃了一口麵。

這一剎那，琴著著實實嚇了一跳。

麵條，在嘴裡跳動。

充滿小麥香氣的麵條，在踏著輕快節奏跳舞。

音樂不斷，舞步豐富，但在舞池之中，一個動作俐落，衣著豔麗的女子，踏著精采步伐，逐漸脫穎而出。

從小麥麵條氣味中躍出的，是牛肉香氣。

牛肉舞者濃烈而香甜，強烈而鮮明，讓琴的舌尖忍不住追逐而去。

而當琴以為這碗牛肉麵就是麵與牛肉這雙味爭鋒之際，第三種味道，卻悄悄瀰漫了她全部的味蕾。

盤旋而悠遊的，有如一首清新旋律，是牛肉湯。

比牛肉稍微清甜，但卻融合著麵條的香、蔬菜的細膩、淡淡番茄的微酸，巧妙解開先前佔據了舌尖滿滿的肉味，牛肉湯的氣味也許不及前兩者強烈，卻像是一首無與倫比的交響樂，將琴的味覺，帶回最舒適也最美好的最初。

這瞬間，琴忘了很多事。

寂寞、想念、擔憂，對未來的茫然，對自己真實身分的困惑，對曾經遭到朋友背叛的痛苦，她都忘了。

直到，輕輕的砰一聲。

琴放下了碗。

而碗底，早已淨空。

「周娘，這就是妳找回星穴之後的實力？」莫言的碗，也同樣淨空，他露出罕見滿足的神情，吐出一口長氣。「牛肉麵變得更好吃了。」

「呵呵，星穴哪這麼神啊，連煮麵都會變好吃？」周娘微笑，「但這確實和星穴有關，因為我用星穴幫了一個人，他原本喪失記憶多年，我利用星穴刺激他神智清醒，當他醒來之後，便給了我的牛肉麵幾個建議，如此而已。」

「才幾個建議？牛肉麵就變得如此好吃？」

「這人臨走前，還和我說，如果遇到一個長髮有點任性，喜歡用電的姑娘，請幫他傳一句話。」

「長髮有點任性，喜歡用電……」琴訝異，「那不就是我嗎？」

「是啊，如果他想交代一句話給妳，妳覺得他是誰？」

「用幾個建議就能讓牛肉麵登峰造極？」琴啊的一聲，「我知道了！」

「喔？是誰？」

「冷山饌！天廚星冷山饌師父！」

「對！妳果然還記得她！他一定很開心妳還記得他。」周娘微笑。

「怎麼可能忘記冷山饌師父呢。」琴閉上眼，露出懷念的神色。「鼠窟之役、颱風之戰……冷山饌師父煮的菜，真的好好吃！」

「嗯，這些年他喪失了記憶，一個人四處遊蕩，最後他說他聞到了食物香氣，所以在我牛肉麵店外落腳，我請他吃了一次，他說好吃，好像讓他想起了什麼，但又沒辦法完整想起，他還不斷說，牛肉麵一定可以更好吃，但他想不起怎麼做。」

「嗯。」琴看著周娘，「所以妳的星穴功夫一拿回來，就幫他醫治了？」

「這老頭在我門外白吃白喝這麼久，總是得要他還點什麼。」周娘笑，「我一拿到星穴，把他體內混亂的氣息順一順，他就自己想清楚了。」

「果然是星穴的創始者，不只重傷，連神智不清都能治療。」琴忍不住讚嘆。

「過獎過獎，星穴原本就是治療人體氣息的醫學，你們以為小曦已經很厲害了？錯錯錯，身為師父的我，才能發揮星穴真正的力量。」周娘充滿自信地笑著。

「對了，那冷山饌師父留什麼話給我呢？」

「我是聽不太懂，但顯然還是和食物有關係。」周娘說，「他說：『想要完成這炒飯的話……』。」

「完成炒飯？」琴一愣，「他說的難道是，聖．黃金炒飯嗎？」

「『除了食材，得找上好的鍋鏟和鍋子才行。』」

「什麼？除了那些麻煩又危險得要死的食材，颱風中的高麗菜、長在人肩膀的米、要打敗鼠群的橄欖油、得闖入僧幫密室的肉、在道幫幫主房間的食譜，更別提那個什麼火之陰獸鳳凰的蛋，還有鍋子和鍋鏟要找？我的天啊。」

「這麼麻煩的食材，嘿，完成之後也是一種壯舉啦，」周娘笑，「等妳完成，再借老娘吃一口吧。」

「這有什麼問題，如果我還有命可以完成的話……哈，不過冷山饌師父這一走，下次再遇到他，已經不知道是什麼時候了。」琴忍不住悵然起來，消失這麼多年的冷山饌，難得現了蹤，卻又無緣一見。

「總會見面的。」周娘一笑，「那你們接下來打算去哪？」

「我們啊，」琴微笑，「打算再進去那個超級颱風一次。」

「颱風？」周娘先是一愣，隨即笑了起來。「別傻了，妳可知道那颱風在哪？」

「颱風，對耶。」琴也是一呆，「也許在海邊？」

「海邊？難道妳打算去海邊租個房間，然後每天看著海，傻等著颱風，就算颱風來了，妳又如何知道哪一個颱風是妳曾經進去過的？」

「對喔。」琴一愣，颱風是季節性產物，每個外表又長得一模一樣，都是一大團風雨，她怎麼知道長生星住在哪個颱風？

「妳連這都沒想到，就要衝颱風啊。」周娘搖頭，但她的眼神最後卻定在莫言身上。

「琴妳沒想到很正常，但莫言這個被譽為神偷的傢伙一定會想到！」

「嘿。」莫言嘴裡嚼著小菜，笑了。「被妳看出來了啊，周娘。」

「所以你知道怎麼去那個颱風？」琴眼睛亮起。

「知道啊，原本要在出發之後，好好嘲笑妳一番的。」莫言笑著，「怎麼知道出發前就被周娘戳破了。」

「啊！」琴跳了起來，用手臂勒住了莫言的脖子。「快說快說。」

「實在一點威脅力都沒有嘿。」莫言被琴細細的手臂勒住脖子，道行高深的他自然完全不受影響，但他還是笑了兩聲，說了出來。「長生星喜歡風，有颱風的時候，他必定躲在颱風的最深處，但颱風確實不是一年四季都有，所以沒有颱風的時候，他會躲在颱風的起源地。」

「颱風的起源地是哪?海面嗎?」琴一愣。

「海面?妳只猜對了一半。」

「一半?」琴一呆。

「颱風來自海面與另一側產生的巨大溫差，溫差製造狂暴的對流，對流就是人類口中的風。」莫言說，「妳認為，另一側是什麼?」

「海的另一側?」這一剎那，琴腦海浮現了一大片的藍色，藍色中飄浮著綿延萬里的白雲，而白雲之中，正是如精靈般穿梭跳舞的風。

而那一大片藍色，有個令人熟悉又遙遠的名字。

「你是說，長生星住在……天空上?」琴嘴巴微張。

「正確。」莫言微笑，「更正確的說法，海面的天空，那裡有一個最古老的雲層，陰界的人們都叫它——天空殿。」

下一站，陰界之天空殿。

第九章・刺客五暗星

陽世。

這一晚，小靜靠在小風學姐的肩膀上，那極度可靠的感覺讓小靜睡得特別香甜，但這份安穩，卻因為客廳中突然出現的一個詭異人影而被打破。

這人影小小的，動作鬼祟，一下子出現在客廳的沙發後，一下子又在電視後面發現他的蹤跡，然後又在門邊搖頭晃腦。

然後，那人影像是發現什麼似的，跳到了小靜的面前。

小靜發現，她竟然看不清楚這人的臉孔，這人臉孔像是被用黑色蠟筆隨意塗抹過，當妳越是想認真看，就越是看不清楚。

唯一可以確定的是，這人影身形嬌小，像是十一、二歲的男孩子，全身黑衣，戴著黑色帽子與一個黑色眼罩，背後還揹著一個超大的銀黑色束口袋。

他端詳著小靜半天，然後露齒笑了。

「對了，對了。」他笑著鼓掌，「就是妳了。」

「就是我？」小靜感到一陣莫名的恐懼，「什麼意思？」

「請容我先自我介紹一下，我是偷夢賊，我的技就是可以從陰界穿越到陽世的夢裡，然後從夢中偷走一項物品，我叫它夢果實。」

「偷物品……那要幹嘛？」

「這麼做要幹嘛啊？這麼問有點奇怪，畢竟這是我與生俱來的天職啊。」偷夢賊嘻嘻地笑著，「我可以把這些果實賣給僧幫，做成厲害的咒，也可以拿去賣給馴獸師餵食陰獸。吃了美夢的陰獸，會變得善良而溫馴；反之，若吃了惡夢果實的陰獸，會變得很凶惡。」

「好奇怪的工作，什麼東西……叫做陰獸啊？」

「組成陰界的重要生物，主要是能量構成的啦，整個陰界都是以能量為主體架構出來的呦。」偷夢賊繼續聊著天，「所以陰魂和陽世有很多的不同，我們這個世界，可是充滿著各式各樣稀奇古怪的技呢。」

「技？」小靜聽著眼前這瘦小的偷夢賊說著，小靜隱隱察覺，她這些日子以來遭遇到的奇怪遭遇，都和這個『陰界』有關！

「技，就是特殊陰魂透過自身的能力、天賦、經歷，所自然醞釀而成的一種能力。」偷夢賊吹著口哨聊著天，他真的很愛聊。

「那你的技，就是穿越夢境？」

「是啊是啊，妳剛才有認真聽我說話呢，不是我蓋妳，這能力就算是充滿稀奇古怪技能的陰界，也是非常罕見的喔。」偷夢賊如此說，「除了我以外，能輕易穿越夢境的，大概就是一種名為夢貘的陰獸。」

「夢貘，我知道，食夢的異獸。」

「對對對，妳真是聰明，陰界和陽世的知識果然是互通的啊。」偷夢賊真的像是聊開了般，嘮嘮叨叨地說著。「不過陰界的夢貘數目很少，其中一隻更列為百大陰獸，排行四十三呢，坦白說遇到了這隻大夢貘，連我都得跑，怕牠把我當成夢果實吃掉。」

「夢貘，會吃人啊？」

「夢貘不會吃陽世的人啦，但牠會吃夢啊，會去聞啊聞，聞到很特殊的夢，牠就會從枕頭邊現身來吃喔，舉凡恐怖到足以讓陽世人在睡夢中心臟病發的夢；極為美好讓人醒時淚流滿面的兒時之夢；有如電光石火足以讓科學家突破百年科技瓶頸的巔峰之夢；光怪陸離可以讓小說家創作出百年孤寂作品的瘋狂之夢，牠都會特別現身來吃！」

「啊，但我都沒有夢過這些呢。」

「一般人不會夢到這些啦，」偷夢賊嘻嘻笑著，「可是，妳卻有專屬於妳獨一無二的部分，雖不能吸引夢貘，卻能吸引我前來此夢的原因呢。」

「什麼原因？」

「因為，妳就是，」偷夢賊雖然仍在笑，聲音卻在這剎那變得冰冷而恐怖，有如從深淵之中迴盪而出的回音。「第一隻猴子啊。」

「我是第一隻猴子？」小靜感到背脊發涼，那段衝入陰界拯救蓉蓉，恐怖的警察局記憶，湧上了她的心頭。「我怎麼會是猴子？我是人！」

「猴子當然只是代號，不是說妳是猴子啦，嘻嘻。」偷夢賊把臉湊近了小靜，小靜可以感覺到，偷夢賊模糊的臉上，那雙透著陰森光芒的黑色瞳孔。「妳是我們的老大，為了滿足我們想殺的欲望，所以，妳得跟我走喔。」

「走去哪？」

「還用說，當然是走去我們的世界啊。」偷夢賊笑著。

「我不要！這只是夢！你無法把我帶進你們的世界！」小靜抵抗地喊著。

「對，這只是夢，但只要妳一睡著，我就會來找妳喔。」偷夢賊咯咯地笑著，「任何時候，打一個盹，瞇一下眼，我都會出現在妳的夢中，妳無法抵抗的。」

「只要睡著，你就會出現……」小靜感到一陣打從腳底升起的戰慄。

只要睡著，偷夢賊就會出現，帶小靜進入那個有著巨大貓群，可怕冰女，操縱引力，滿地鮮血的奇異世界？

只要任何一個打盹，一個呵欠，偷夢賊都會出現，提醒小靜，「陰界」這世界的存在？

「不用多久，妳就會停止掙扎了喔。」

「停止掙扎什麼？」

「就是乖乖的睡著，永遠的睡著，再也起不來了，」偷夢賊笑著，大聲笑著。「雖然這是違背陰陽定律的，但，此刻孟婆夾在政府與黑幫之間，沒空來管我啦。」

「我……」小靜用雙手摀住了臉，她該怎麼辦？為什麼她會遇到這些事？琴學姐，我好想念妳，妳總能在這時候想出辦法！

「哭也沒用啦，在夢的世界，沒有人可以進來的。」偷夢賊伸出了手，就要抓住小靜的手腕。

而就在他冰冷乾硬的手指，將將要握住小靜的纖細手臂時……忽然，一個低沉的女子聲音傳來。

「住手！」

住手？

偷夢賊嚇得鬆開了手，猛一轉頭，看向了聲音來源。

只見發出聲音的女子，神情自信，英氣勃勃，外表也許不夠豔麗，卻在眉宇之間帶著一股英氣。

尤其是在夢中，更顯得威風八面，冠絕四方。

這女子，就是小風。

「為什麼，妳能出現在這夢中？」偷夢賊神情古怪，瞪著小風。「妳也是偷夢賊？不對不對，這世界上偷夢賊只有我一個，只有一個丙等伏兵星！妳不會是偷夢賊！妳是誰？」

「我是小風！」

「小風？星星裡面沒有這一顆啊。」

「誰跟你星星！」小風眼睛一瞪，瞪向了偷夢賊。「既然是賊，還不快滾！」

這一瞪，竟然隱隱透出巨大力量，逼得偷夢賊全身顫抖，膝蓋發軟，就要跪下。

「這、這是什麼力量？」偷夢賊搖頭晃腦，為了抵抗這一瞪，被迫祭起全身道行，以免自己當場跪下稱臣。

「還不滾！」小風再瞪。

而這一瞪，偷夢賊只覺得全身虛脫，急忙從袋中掏出一大把閃爍著粉紅色，像是葡萄般的果子，扔進了嘴裡。

他一扔進嘴裡，道行頓時提升數倍，雙腳微蹲，雙拳緊握，硬是扛住了小風的這一瞪。

而一旁的小靜更感到吃驚，因為她發現，夢中的小風學姐雖然依舊是小風學姐的模樣，卻有了關鍵性的不同。

以前小靜認識的小風學姐，確實自信聰明，威風八面，但此刻的小風學姐已然超越了那股自信，有如散發巨大霸氣的帝王。

是的，是帝王。

因為是帝王，就算不用出手，只憑雙眼一瞪，就足以懾服敵人。

而偷夢賊就是拚了老命承受著帝王的一瞪，滿身大汗，幾乎要跪地求饒。

「退，下！」小風再喝，這次不只是雙眼散發威嚴，嘴裡的聲音低沉震動，更有如一座從地面轟隆轟隆升起，升上了天際的巨山，有如大地之王般聳立在偷夢賊面前。

「我，」偷夢賊又吞了一大包夢果，亮桃紅色的夢果實不斷補充著偷夢賊的能量，還有他薄弱到幾乎不存在的意志。「我不能退，不然第二隻猴子會把我……把我……」

忽然，偷夢賊的聲音停住了，因為他發現前方多了一道影子。

影子籠罩住了小靜、小風以及他自己。

是什麼東西，進到夢裡了？

夢不是禁忌之地嗎？為什麼除了這叫做小風的女孩之外，還有其他生物會進來？

當偷夢賊慢慢仰頭，然後，他看清楚了這影子的真面目。

身體有如巨大老鼠，但鼻子卻有如小象，一雙細細眼睛，盯著偷夢賊，像是在看某種可口的食物。

怎麼可能！

「夢、夢、夢貘！」偷夢賊尖叫，身體開始往後退，然後猛一轉身，開始拚命逃跑。

但他才跨了幾步，就感覺到背後傳來沉重但是迅捷的腳步聲，而且腳步聲愈來愈近，偷夢賊甚至感到頭頂傳來野獸氣息的風。

夢貘，已經追上來了。

「夢之門！」偷夢賊右手往後急甩手上的夢果，亮紅色夢果引開了夢貘的注意力，同時間，偷夢賊左手的夢果往前扔去，掉在地上時出現一道亮紅色縫隙。

偷夢賊往前一跳，跳入紅色縫隙之中，而同時間，夢貘已經追上來了。

縫隙就要關上，但夢貘長長的鼻子卻在最後一刻伸入了縫隙之中，吸住了偷夢賊的左手。

夢貘的鼻子吸力極強，竟將偷夢賊身體往後扯去，甚至要把他從縫隙後拖回小靜的夢中。

「見鬼了！幾年沒遇到夢貘了，牠為什麼會突然出現？」偷夢賊牙一咬，右手伸出，壯士斷腕地把自己的左手直接劈斷。

左手的鮮血噴出，頓時脫離了偷夢者的身體，下一秒，滿是鮮血的左手被夢貘的鼻子吸出了縫隙，而縫隙跟著扭動而消失。

夢之外，只留下少了左手手臂的偷夢賊，他不斷喘著氣，身上都是冷汗。

「剛剛那叫做小風的女孩是誰？為什麼夢貘會突然出現在這夢中？」偷夢賊咬著牙，把自己左手手臂的傷口包紮起來，但鮮血仍不斷地往下流，淌得他半個身體都是血。「雖說陰魂的手臂隨著時間會自己回復，但這次傷得太重，不花上一年半載，怕是回復不了啊。」

而偷夢賊正在自言自語之際，他的背後，出現了一個人影。

「好遜啊，老五。」他背後人影如此說著，「老大雖然是老大，但畢竟在陽世，可是一點道行都沒有，竟然可以把你搞成這樣？」

「哼。」偷夢賊沒有回頭，彷彿早就知道他背後的人是誰。「你可要小心，我覺得關鍵都在她身邊的那個人……」

「老大身邊的人？」

「那個人的名字叫做小風。」偷夢賊說，「她就是整個夢境失控的關鍵。」

「夢境？我向來不依靠這麼虛幻的東西，畢竟我可是第十隻猴子……」這人影笑起來，莫名地帶著一股冷冽的陰風。「擺渡人呢。」

同時間，當偷夢賊終於從小靜的夢境中逃脫之際，小靜和小風的危機卻完全沒有解除，甚至更上了一層樓，因為這次他們面對的不再只是一個說話囉唆，行事鬼祟的偷夢賊……而是專門吞食夢中生物的百大陰獸之一——夢貘。

外貌酷似食蟻獸，牠用如象鼻般的嘴巴吸乾了偷夢賊的左手之後，慢慢回頭，把目標轉移向了夢中其他能量體。

也就是小靜和小風。

「如果牠真的是我們讀過的夢中奇獸，牠應該不會吃妳。」小風的聲音冷靜之中有壓抑的恐懼，「因為這是妳的夢，牠吃了妳，就離不開這夢境了。」

「那小風學姐……」

「我處境很危險，畢竟，牠是為我而來的。」

「啊？為妳，而來？」

小風看著夢貘，而夢貘則慢慢晃動牠的腦袋，朝著小風方向踱步而來。

「當時妳靠在我的肩膀而睡，我突然感覺到妳身體在顫抖，那是作惡夢的徵兆，而且不只如此，我感覺到妳體溫不斷下降，那已經不是作惡夢，而是死亡了。」

「這樣嗎？」

「我察覺到事情不對，想起琴要我照顧妳，於是我抓住妳的手，不斷默禱著：『不管妳夢到了什麼，有什麼我可以做的，全部都來吧！』」

「小風學姐，謝謝妳。」

「然後，我聽到了一個古怪的聲音，唏哩呼嚕，唏哩呼嚕，像是有什麼動物從遠方而來靠近，而且那種靠近很奇怪，像是從客廳中昏睡人們的腦袋中，一個腦袋一個腦袋地跳過來。」

「一個腦袋一個腦袋地跳過來？」小靜聽不太懂小風的描述法，是說這隻夢貘踩著每個人的夢境而來嗎？

「嗯。」小風苦笑，「當那個唏哩呼嚕的聲音到了我的正前方，突然，我感覺到自己往後仰去，當然不是真的往後仰，但感覺就像是仰倒然後落入了游泳池之中。」

「嗯。」

「當游泳池冰冷的水包圍了自己，我發現自己已經在妳的夢中了，也聽到了一小段妳和偷夢賊的對話。」

「而那個唏哩呼嚕的聲音……」

「沒錯，就是牠，這隻剛剛差點就吃掉偷夢賊的夢貘。」小風看著前方，「就是牠的聲音，帶我進入夢中的，不是別人，也是牠！」

「牠確實趕走了偷夢賊，但接下來才是真正可怕的……」

「對，接下來才是真正可怕的，因為牠沒吃掉偷夢賊，接下來想吃的，一定是我。」

小風聲音微微顫抖著，「而我甚至連怎麼逃出這個夢，都不知道！」

夢貘愈來愈靠近，牠輕輕甩動著牠的長鼻子，嘴裡發出唏哩呼嚕的聲音，朝著小風和小靜而來。

「也許我可以唱歌！」小靜拚命想辦法，「我記得只要我唱歌，這世界的鬼魂都會很緊張。」

「嗯，好，快唱歌。」

「好，我來唱，我來唱……〈夜雪〉！」小靜壓抑著緊張的情緒，唱出了第一個音符。

可是，此刻小靜唱的，連小風的眉頭都不禁皺了起來。

「走音了。」

「會緊張啊。」小靜叫著。

「別緊張。」小風伸出了手，與小靜的手緊緊握住。

小靜只覺得手心傳來一陣暖意，為什麼在這麼緊張的時刻，在這隨時可能被異獸吞噬的夢境裡，小風學姐的手心卻一點都不冰冷。

不但不冰冷，甚至透出充滿自信的暖流。

在這暖流之下，小靜張開了口，唱出了她心裡自然流露的歌。

只是這曲調卻一點都不悲傷，甚至透出了一股熱力與陽光，那是在森林中高速穿梭的暢快與歡樂。

「〈松鼠〉？」小風轉頭，神情詫異。「妳唱的是阿山的〈松鼠〉嗎？」

在四強賽中，阿山這首由強哥這位超級作曲人淬鍊而成，來自山林中，吸納了飽滿陽光的歌曲，竟在此刻被小靜唱了出來。

小靜的歌聲不似阿山渾厚高昂，但卻在細柔中帶著海洋的巨大感染力，將這夢境瞬間照亮成燦爛的金藍色。

這些金藍色澤，來自在空中凝結而成的一滴又一滴歌聲之酒。

「好美。」小風忍不住伸出手，接了一口歌之酒，然後啜了一口。

就在這剎那，小風感到從心底升上來的明亮，照亮了她身體每個細胞，好舒暢！真是舒暢！

而舒暢之後，是滿足而慵懶的醉意。

這麼好喝的酒，絕對不是陽世的產物，而且這酒氣味似曾相識，是了，這酒就是「松鼠」，〈松鼠〉的音符與節奏若化成了酒，絕對就是這味道！

所以，這酒是小靜「唱」出來的嗎？

就在這松鼠打造的酒氣夢境中，夢貘停下了腳步，連牠都深深受到「松鼠之酒」的香氣吸引，伸出長長的鼻子貪婪吸食著，一口接著一口，在空中畫出圓圈，圓圈之內，所有的歌聲之酒都進了牠的肚子。

一句接著一句，隨著歌聲漸漸進入尾聲，夢貘的肚子也逐漸鼓起。

當松鼠唱入了尾聲，夢貘也跟著吃飽了，打了一個飽嗝之後，牠身體蜷曲成毛茸茸的大球，睡著了。

「好像成功了？」小風吐出了一口氣，「小靜，妳的歌真厲害，妳是怎麼想到要唱〈松鼠』？而且唱得真好！一點都不輸阿山！」

「不，不對，會唱〈松鼠〉，不是我本來想要的。」小靜小心翼翼感受著當時的心情，她逐漸確信了一件事。

「咦？不是妳想要的，那是誰想要的？」

「是妳，小風學姐。」

「啊？我？」

「是妳知道，嗯，對，是妳知道要唱松鼠才能安撫夢貘，所以妳透過握住我的手，讓我唱這首歌的。」

「妳在說什麼，我怎麼聽不懂……」

「我不知道怎麼形容，但是，小風學姐，這是妳的力量，這就是妳的力量！」小靜看著小風，語氣上揚

「我的力量？」

「因為妳有這樣的力量，所以妳可以叫出上百個朋友用引路索把我帶回來，妳可以年紀輕輕就創業賺大錢，妳可以從夢中叫出夢貘把妳帶入夢中，妳甚至可以透過握我的手，讓我唱出妳想唱的歌。」

「小靜，妳到底想說什麼？」

「小風學姐，他們都說我是什麼主星，所以一直要我回去陰界帶領他們，但我現在確信一件事。」小靜看著小風，語氣堅定。「那就是，妳一定也是主星！」

「我也是……」

「對！」小靜難得如此充滿自信，也許是因為這是夢，這是屬於她的夢。「妳和我一樣，都是主星！」

陰界。

「天空殿？那到底是一個什麼地方？如果它位在海面的天空上，又該怎麼上去？」

此刻，琴和莫言兩人，剛吃完了牛肉麵，和周娘、阿歲、小曦與忍耐人道別之後，他們兩人來到車站。

這是陽世的車站，莫言和琴看清楚了車班，跳上了陽世的一班列車，在輕微的車廂晃動之中，朝著最近的海濱而去。

莫言與琴兩人坐在半滿的車廂中，周圍混雜著陽世的人與陰界的陰魂，這些陽世的人有的人穿著寬大的T恤，腳下是舒適的夾腳拖，背包中裝的是泳衣和旅行幾天的行李，一看就知道是打算去海邊玩耍的。

「最近陽世去海邊的人變多了？」琴左顧右盼，忍不住說。「真好，讓人想起年輕的時候啊。」

「妳也不老啊。」

「但我已經是鬼了啊。」琴歪著頭，吐出一口氣。「陽光、夏天、細肩帶、帥哥的搭訕，哎呀，都離我而去了。」

「是嗎？帥哥的搭訕？我不知道是妳，還是那個帥哥，總之，你們兩個人之中有人需要治療眼睛。」莫言冷笑一聲。

「什麼意思？」

「要不他眼睛不好把妳看成美女，要不是妳眼睛瞎了把他看成帥哥。」

「喂！莫言！」

「嘿。」莫言一笑，「我聽陰獸們耳語，他們說，人類把這幾次瘋狂的旅行潮，稱作『報復性旅遊』。」

「報復性旅遊？」琴訝異，「陽世出了什麼事嗎？為什麼要報復？」

「易主時刻逼近，不論是陰界或是陽世都會大亂啊，最近陽世最火熱或說最可怕的，是一種叫做『新冠肺炎』的病毒，著實殺了不少陽世人啊。」

「真的嗎？」琴露出擔心的神情，「不知道我那些好朋友們，是不是平安……」

「如果妳的朋友都是居住在這座島上，應該都算是安全。」莫言說，「不過其他地方就不一定了，上百萬的陰魂都因為這病毒而喪命，塞爆了陰界，各地方的鬼卒都忙翻了，最辛苦的應該是孟婆他們吧。」

「這病毒這麼可怕？」琴全身發抖，「究竟從何而來的？」

「陽世說是來自蝙蝠，但就陰界的角度來看，它最初來自一種在陰界弱小的微型陰獸

『拙拙』。」

「拙拙？」

「這陰獸在陰界充其量只能排在C級，對陰魂來說沒什麼傷害力，主要是因為陰魂們沒有實體，復癒力極強，所以就算感染了，也能很快就適應了拙拙的傷害力，然後靠著自身的道行，輕易就能將拙拙從體內驅逐出去。」

「那拙拙為什麼會對陽世造成傷害？」

「拙拙攻擊力確實不強，但拙拙能量很低，所以變得容易穿越陰陽兩界，加上可能易主時刻逼近，陰陽兩界的界線變得模糊，導致部分拙拙穿過了陰界進入了陽世，與陽世的某些病毒產生融合。」

「融合成新病毒？」

「可以這樣說，但也有陰獸的耳語是這樣說的，打開陰陽兩界之門的，其實是那些政治人物與科學家的野心。」莫言說，「他們表面上說是愛國，其實以創造出殺人病毒為終生志願，帶著如此惡意不斷實驗，強大惡念加上超乎想像的科學手法，終於無意間打開了陰陽之門，把『拙拙』誘出了陰界，融入了陽世的病毒中，而新冠肺炎的病毒，就這樣完美誕生了。」

「又是人類的惡欲嗎？」琴嘆氣，「怎麼一直是這樣的故事情節不斷重演呢。」

「人類就是這樣學不乖嘿。」莫言聳肩，「我們愈來愈靠近海邊了。」

此時，火車離開了陰暗的地下隧道，窗戶陡然一亮，進入了明亮的地面鐵軌。

周圍的景色也逐漸從壓迫密集的高樓大廈，轉變成一整片的藍天與稀疏的矮房。火車確實正往海邊靠近，目標是東方的海，那是一片壯闊的大海，而這塊鄰近海洋的土地有一個溫柔的名字，就是花蓮。

「莫言，我問你喔，我們到了海邊之後，要怎樣才能到天空殿？」琴問。

「得坐船嘿。」

「真的？」琴嚇了一跳，「我們要坐船才能到嗎？」

「當然，天空殿的正下方是海，當然要坐船。」莫言說，「快到目的地的時候，得呼喚陰獸，到了正確的位置，那裡會有海底礁石冒出來的巨大氣泡，我們會乘著氣泡往上飛，直接飛上天空。」

「這、這是真的嗎？」琴遲疑了數秒，才開口。「要乘坐氣泡往上，有點難以想像，如果半路掉下來會怎麼樣？」

「看妳的命硬不硬啊，不夠硬的話掉到海裡，大概會撞到骨折吧，不，骨折算好的。」莫言說，「那片海底發生過幾次船難，也有被淹沒的古城，陰氣強得很，這樣的陰氣養出的陰獸都很厲害，這些陰獸甚至有著天空殿守護獸的稱號，牠們應該會把妳當作點心吃掉嘿。」

「等等，等等，那你的意思是，去天空殿的路很危險？」

「當然，不然為什麼長生星等人，可以躲在天空殿裡面躲這麼久？又躲得這麼好？」

莫言露出招牌的邪氣微笑，「所以，妳怕了？」

「我，我，沒怕！」琴支支吾吾了幾聲，大聲回答。「我才沒怕。」

「對嘛。」莫言挑釁地笑著，「這點小事都怕，怎麼成立一個黑幫？怎麼解開妳的身世之謎？」

「這，」琴看著莫言的微笑，忽然腦中靈光一閃。「等等，莫言，你在激將法嗎？你很想我解開身世之謎嗎？」

「嘿，有嗎？」

「難道，你也想知道我是不是當年的武曲？」

「有嗎？」

「肯定有。」琴把她巴掌般大的小臉，湊近了莫言墨鏡之前。「嘻嘻，那你老實說，你希望我是武曲？或者不是武曲？」

「……」

「幹嘛不回答？」

莫言把臉別開，沉默以對。

「你是希望？還是不希望啊？」

「不知道。」

「什麼叫做不知道？」

看著琴的樣子，這一剎那，莫言竟然發現自己，真的回答不了這個問題。

數年前，當他抓到剛從陽世而來的琴，莫言確實希望琴就是武曲，那個令人欽慕，行事霸氣，讓莫言想念的大姐頭，武曲。

可是，經過了這麼長的時間相處，莫言發現自己其實挺喜歡和這個菜鳥琴相處的，用怪招逗弄著琴，看著琴焦急的模樣，以及期待她古靈精怪的回應，讓莫言自己又氣又好笑。

如果長生證明，她真的是武曲。

如果真讓她拿回了聖．黃金炒飯。

如果讓她真的拿回奪取天下的機會。

她還會是莫言熟悉的琴嗎？

就是這一剎那，莫言閃過無數念頭，向來冷酷寡情的他，竟然完全答不出這個答案。

他究竟希不希望琴就是武曲？

「究竟希不希望啦？」對琴而言，她則完全沒有想這麼多，她只覺得難得看到莫言尷尬不言的樣子很有趣。

但就在此刻，莫言忽然眉頭微皺。「等一下。」

「幹嘛等一下？」

「剛剛，這座火車上出現了殺氣。」莫言聲音放低，「我們被跟蹤了。」

「被跟蹤？」

「對方跟蹤功力很了得，可能從牛肉麵店就一直跟到這裡，但你也太小看我莫言了吧，在大馬路上我可能感覺不到你，但這裡可是狹窄的火車車廂。」

「那現在該怎麼辦？」

「我是神偷，向來只有我跟蹤人，沒有人跟蹤我。」莫言露出殺氣十足的微笑，「讓我們把他引出來，看看他是何方神聖吧。」

「要引？」琴轉頭看向莫言，「你打算怎麼引？」

「來當聖誕老公公如何？」莫言單邊嘴角揚起，又是那個琴無比熟悉的邪笑。

「你也知道聖誕老公公？你不是宋朝還是明朝的人嗎？」

「什麼宋朝明朝，我很跟得上時代好嗎？」莫言手一揮，他手上竟然開始飄出一個又一個的收納袋。

這收納袋的袋口還綁了一個漂亮的蝴蝶結，外表是不透明的紅綠相間色彩，果然像極了聖誕禮物。

一個、兩個、三個，轉眼就飄出了十幾個聖誕禮物收納袋，在車廂半空中緩緩飄浮著，朝著滿車的陽世人民與陰魂飄去。

這收納袋之漂亮，連琴都想伸手去碰，但就在琴手伸到一半，便聽到莫言發出嘿嘿的聲音。

「可別亂碰喔。」莫言說，「妳不會想要知道這收納袋有多可怕的。」

「是喔。」琴急忙縮手，「幹嘛嚇我？」

「我要嚇的對象，可不是妳。」莫言好整以暇地扶了扶墨鏡，露出微笑。「是車廂裡跟蹤我們的那個混蛋啊。」

而就在莫言與琴對話之時，聖誕禮物版的收納袋，已經飄到了車廂各處。

然後，一一停在每個陰魂的面前。

每個陰魂都露出疑惑的神情，有的像琴一樣伸手想撈住聖誕收納袋，有的則猶豫不敢動手，有的則戒慎地後退，深怕收納袋中藏著什麼危險物品。

直到莫言露出微笑，手指啪的一聲，一個響亮聲音。「東西就位，那就，開吧。」開吧。

這一剎那，所有的收納袋同時砰的一聲，像是爆竹般炸開。

這一炸，只是徒具聲音與視覺衝擊，沒有造成任何的傷害，但也嚇得陰魂們紛紛四處逃竄，更有一個陰魂害怕得躲到了椅子底下。

「就你了！」同時間，莫言卻像是感受到什麼似的，突然起身，在空中躍起，越過半個車廂，就站在那個躲在椅子下的陰魂前面。

「什……什麼……什麼……」躲在椅子下的陰魂，露出一雙恐懼的眼睛，看著莫言。

「什麼我？」

「剛剛那是我新發明的『Merry Christmas 收納袋』，主要除了驚嚇沒別的用途，每個陰魂在受到驚嚇時，就只會躲藏，但你可不同。」莫言微笑著，「你那瞬間所湧現張牙舞爪的道行與殺氣，可是騙不了人的啊。」

「我、我……」

「什麼我？」莫言手一抓，一個透明的收納袋在他掌心成形，然後朝著椅子底下直鑽了下去。

琴對莫言這一招「收納袋」可說是再熟悉不過了，如果椅子底下的陰魂再不反擊，就會像琴當年一樣，整個人被縮小到十來公分，無奈地收入收納袋之中。

但只見收納袋鑽入了椅子，同時間，椅子下的那雙眼睛，卻陡然改變了顏色。

這一次，不再驚恐無助。

而是血紅而猙獰。

「老子躲得這麼好，都被你發現了啊，咯咯咯咯。」那眼睛的主人如此說著，「不愧是神偷莫言，不愧是我們政府出動追殺的對象啊！」

不愧是我們政府出動追殺的對象啊！

下一秒，琴看見了椅子下，突然湧出了巨量且深紫色的氣體，氣體轟然一聲捲向了莫言。

「毒氣?好一個特殊的技。」莫言右手轉動，轉出了一個透明的收納袋。「又是一個具有星格的傢伙嗎？」

只見莫言將右手的收納袋朝著臉上輕輕一抹，收納袋竟然變成一個透明的圓球，像極了太空人的防護罩，剛好罩住了莫言的頭顱，也徹底保護了他的呼吸。

不只如此，莫言右手往後一甩，一個透明的收納袋來到了琴的面前。

「笨蛋也會中毒，小心點。」

「我才不是笨蛋。」琴單手接過那只收納袋，朝著臉上一抹，一個透明防護罩護住了琴清秀的臉龐。「你才是笨蛋。」

兩個人一邊鬥嘴，但動作配合得巧妙無比，果然是多次共同陷入困境攜手戰鬥的夥伴。

「如果這傢伙可以操縱毒氣，表示他不好對付，要小心嘿。」莫言才說完，眼前的深紫色氣體，已經完全瀰漫了車廂。

濃霧中，車廂中其他的陰魂開始發出了痛苦的聲音，紛紛倒下。

聽到這些痛苦的聲音，琴於心不忍，忍不住喊了一聲：「莫言！」

「妳想救這些陰魂？真是婦人之仁！」莫言嘖的一聲，但見他右手不斷往後扔去，數十個收納袋像是子彈般散射，但都精準地扔到了這些陰魂的臉上。

「說我婦人之仁，你還不是出手了？」

只見琴讓細微的電流透過神經流動到全身，她的肌肉力量頓時提升了百倍，速度也瞬間拉高了百倍，然後她一躍而起，有如一道閃電在車廂內來回竄動，每竄到一處，她會伸手朝著陰魂臉上的收納袋，抹了上去。

當琴的手抹過了收納袋，收納袋立刻膨脹成圓形，化成防護罩，保護住了陰魂們的五官。

陰魂們受到保護，痛苦的聲音立刻減少。

陰魂們深陷在瀰漫的紫色毒霧中，陽世的人們雖然不至於中毒，但神情也露出古怪，他們左顧右盼，試圖找尋製造臭氣的人。

車廂內，老婆懷疑老公放屁，姊姊捏鼻皺眉看向弟弟，學生瞪著老師，朋友們互相猜忌，情侶們無法繼續放閃，前後座冷眼互瞪，對陽世的人們而言，他們能嗅到臭，卻找不到臭的來源。

因為臭的來源，正是陰界。

而當琴抹完最後一個陰魂，她轉過頭，卻發現了另外一件事，那就是……椅子底下，竟然空了！

「那個壞蛋呢？」

「他化成毒霧，從椅子下面逃出來了嘿。」莫言聲音冷酷，「不只操縱毒霧，自身也能化成毒霧，麻煩啊。」

「毒霧瀰漫整個車廂，所以他……」琴感到精神微微繃緊，「可能在任何地方？」

「對，他可能在任何地方。」

莫言這句話才說完，忽然覺得背後微微一涼。

「收納袋。」莫言手往後揮去，伴隨掌心的收納袋，就要捕捉背後的動靜。

但收納袋快，那個化成毒霧的男子更快，他的臉瞬間在毒霧中浮現，但又瞬間消失，讓收納袋撲了一個空。

「他能完全融入毒霧中。」莫言咬牙，「車廂這種密閉空間，正好是他最好的戰場。」

「那怎麼辦？」琴才說了這句話，忽然感覺到上方透出詭異氣息，她一抬頭，卻見天花板的那片毒霧中，出現了一張猙獰的臉。

「哈。」那臉發出尖銳的冷笑，帶著濃度極高的毒氣，俯衝而下。

「電掌！」琴經過這幾年的淬鍊，戰鬥反應神經已經不可同日而語，她雙掌快速往上，伴隨強猛的綠色電能，往上擊去。

只是，電能雖然威猛，但卻完全傷不了毒霧，毒霧散開躲開綠色電能，重新聚集之後依然衝刺而下。

高濃度毒氣化成一波劇烈衝擊，就要正面擊中琴。

這波毒氣濃度極高，力道極強，正面撞上有如被卡車撞擊，身受重傷不論，就怕強力毒氣從琴的毛細孔猛鑽而入，會讓她全身泛紫，中毒命危。

「小心。」只見莫言快了一步，手上收納袋一甩，剛好擋在琴的面前，而收納袋袋口正對由上而下的毒氣臉孔。

就要把這毒霧男子，直接撈入袋中。

只是毒霧速度實在太快太靈活，見到收納袋出現，一個圓轉，滑過了收納袋袋口，驚險避開。

這一下交手，毒霧沒有殺成琴，收納袋卻也沒有抓到毒霧男，雙方可說是鬥了一個旗鼓相當，不分勝敗。

「電對毒霧無效。」莫言聲音低沉，「妳來我身後。」

「嗯。」琴點頭，但她才走了兩步，忽然聽到了其中一個躺在地上的陰魂，發出了幾聲呻吟。

「怎麼了？」琴低身檢查那個陰魂，發現那陰魂口吐白沫，雖然有了收納袋的圓罩，仍擋不住毒霧的滲透。

「我、我，」那陰魂是一名瘦弱的長髮少年，頭髮遮住了一隻眼睛，說話時牙齒上下顫動著。「我對這種毒，很，敏感，我生前，就是在火場吸到二氧化碳，然後，死掉的。」

琴看到這陰魂狀況危急，急忙以電能在地上畫了一個圈，試圖阻隔毒氣，但效果不彰，只好再一次求救。

「莫言！」

「好啦，妳很煩，更多層的收納袋來了。」莫言跳躍至此，手上收納袋一揮，一個足以籠罩全身的收納袋，就這樣包住了這個長髮少年。

這以三層道行製作出來的收納袋，包覆面積更大，防護力也更強，立刻將這長髮少年全身上下都包住，毒氣不只無法接觸他的口鼻，連一絲肌膚都接觸不到。

「謝謝。」琴一笑，笑得甜美。

「就說妳是婦人之仁。」莫言看著琴的笑容，微微頓住，然後才冷哼一聲。「不客氣啦。」

「那我們來專心對付這棘手的毒氣之人。」琴才說完，眼前的紫色毒霧已然改變了樣態，原本是詭異的紫色，如今紫色愈來愈濃，且竟如海浪漩渦，開始捲動了起來。

琴和莫言同時抬頭，注視著眼前高速捲動的紫色毒霧，但同時間，琴卻突然感覺到周圍的電能微微跳動了一下。

那是她無法解釋，一股幾乎是直覺的危險訊號。

「莫……」琴張開口，想要提醒莫言，但她只來得及吐出一個字，就是一個字而已。

因為莫言的神情已經驟變，而他的胸口，已然多了一把短劍。

短劍直穿入莫言的胸部，直沒至柄。

這偷襲的短劍是怎麼出現的？是如何出現的？

琴順著莫言冷然憤怒的眼神看去，她明白了射出這短劍的凶手，竟然是……剛剛躺在地上的長髮少年。

「不止一個，」這一劍穿透莫言胸口，道行高深的他，竟也禁受不住地搖晃起來。「該死，混入這車廂的刺客，不止一個，太大意了。」

說完，莫言往後倒去。

「混蛋！」琴急忙抱住莫言，同時左手舉起，一把弓儼然成形，綠箭已然對準少年。

長髮少年發出一聲低笑，有如狐狸般躍起，然後急速往後逃竄，琴的電箭噗噗噗噗射了滿地的亂箭，卻都沒有射中他。

「我的短劍上面淬了『萬壽無疆長尾蠍』的毒，這隻陰獸可是在百大陰獸中排行八十九。」那長髮少年速度好快，雙手雙腳趴在地上，不斷後退有如蠍子，一下子就退到了車廂的角落。

「莫言！」琴焦急地抱著莫言，卻發現莫言身體急速發燙，有如一枚巨大火炭。「對不起對不起，都是我的錯！是我堅持要救他！」

「妳的錯？放屁。」莫言嘴唇發白，「老子是什麼人物！妳那一點婦人之仁怎麼害得到我？」

「那……」

「只是這毒有點厲害，雖然沒有道幫毒堂堂主鈴的毒這麼棘手，但讓我花點時間……」莫言咬著牙，額頭不斷滲出汗，只是他體溫此刻暴升，那些汗才從毛細孔中滲出，立刻化成裊裊蒸氣。

「莫言……」琴看著莫言，她知道莫言道行高深，這樣的毒確實殺不死他，但卻能中斷他的行動。

因此，在莫言以道行解毒的這段時間，同時也是他們兩個最危險的時刻。

因為，布滿車廂的毒霧還在，還有那個以劇毒短劍偷襲莫言的少年也還在，他們絕對會趁這段時間發動攻勢。

「毒霧，毒劍。」莫言雙目緊閉，「來者不是普通人物，你們必定具有星格，你們是政府軍系裡的誰？」

「不愧是神偷，這麼快猜到我們屬於軍系了。」長髮少年蹲伏在地上，露出笑容。「我們是五暗星之二，我是老三『衰星衰過頭』，毒霧是老四『墓星墓好空』。」

「果然是你們，五暗星在政府裡面專幹一些見不得人的暗殺勾當，五個來了兩個，還有三個在哪？」莫言不斷運用道行逼出身上的毒，毒化成絲絲白氣，從他手心透了出去。

「『病星病到底』、『死星死不透』，還有『絕星絕了情』呢？」

「說我們五暗星專幹壞事？這麼稱讚我們，我們怎麼好意思？」長髮少年笑著，「現在只有一個神偷，沒有鬼盜在，我們兩兄弟就足夠搞定啦。」

「只派兩個，那肯定是送死。」莫言笑，這時，琴竟然感覺到莫言身體的高溫似乎正在下降，莫言不愧是莫言，果然已經逼出一部分的萬壽無疆長尾蠍的毒了。「舉例來說，你剛剛的毒劍已經是你全部的招數了吧？劍之所以能射中我，表示這不是實體的劍，這把劍是你的道行幻化成的吧？以純粹的道行掩飾行蹤，方能突破我的防禦網。」

「嘿嘿。」

「要以道行製劍是一難，要讓這劍承載著萬壽無疆長尾蠍的毒，而不會反噬你自身，更會用盡你全部的力量，這是第二難。」莫言說，「所以我說，你手上絕對沒有第二把短毒劍，是吧？」

「哈哈哈哈。」長髮少年突然笑了，大聲地笑了。

「有什麼好笑？」

「我笑堂堂神偷，也要這種心機啊。」衰過頭冷笑著，「你一直說話，是想拖時間解毒吧？你也夠厲害的，竟然被你解去三成了。」

「哼。」

「但是，」衰過頭發出一聲高亢尖笑，「我們五人可是專業殺手，絕對不會犯上多話失敗這種蠢事的！」

尖笑聲中，衰過頭雙手雙腳伏地，有如一隻凶惡毒蠍，朝著莫言與琴兩人猛撲而來。同時間，車廂內的紫色毒氣再次開始湧動，化成一團又一團高濃度有如鐵鎚的霧氣，朝兩人猛砸而來。

「不會犯錯嗎？」莫言眼睛睜大，「你忘了你身上還有我剛剛為了救你，捆上去的收納袋嗎？」

「啊。」衰過頭才奔到一半，忽然發現雙手雙腳一緊，被身上的收納袋瞬間旋緊，不只雙手雙腳，連身體、脖子，甚至是胸口都被收納袋猛力捲住。

喀喀喀喀，只見衰過頭身體不斷傳出骨頭被折斷的聲音，收納袋在莫言道行催逼之下，有如試圖擰乾毛巾的雙手，把衰過頭的頭與身體硬是轉了半圈，掉在地上。

「可、可惡……」衰過頭脖子手腳全部扭成一團，呼呼地喘著氣。「你明明就中了萬毒無疆長尾蠍的毒，竟然還有這樣的道行？」

「你，呼呼，你也很厲害，被我轉成這樣還沒死？」莫言也喘著氣，他感覺到剛剛這一出手，好不容易逼出去的三成毒氣，全部都回灌了回來，現在的他中毒之深，恐怕已經無力對付另一個五暗星，墓星墓好空了。

而在空中不斷盤旋的墓星墓好空，看見了衰星衰過頭重傷倒地，墓好空的霧氣陡然加劇，在空中發出無聲的怒吼，朝著莫言猛撲而來。

「琴，妳聽好，剛才妳的電能無法影響毒霧，因為毒霧不是身體，所以不受電能影響。」莫言咬著牙，此刻的他，連說話都有點吃力。「但，當年武曲的電，並不受限於此。」

「莫言，你的意思是……」

「霧的天敵是我的收納袋，還有風。」莫言看著琴，「我的收納袋就在這裡，而妳，得想辦法製造出風。」

「我，製造風？」琴完全愣住，「我又不是那個破軍柏！」

「妳得想辦法。」莫言雙手張開，兩手中間是一個大型的收納袋。「把所有的毒霧趕進來這裡。」

「我……」琴還想說話，但暴力無比的毒霧，已經來了。

墓星墓好空，操縱毒霧的男人，他在空中集結了數十枚重型霧球，朝著琴與莫言猛力轟了過來。

琴祭出電能，試圖以強大的能量撞開毒霧之球，但成效顯然極差，部分霧氣就算因為電能而稍減了速度，最後仍轟然一聲擊中了琴。

琴被霧球擊中，就像被一大顆實心鉛球當面撞上，就算有電偶護體，仍被撞得頭昏眼花，五臟六腑快要翻了過來，不只如此，高濃度的毒氣開始腐蝕她臉上的罩子，罩子上已經滿是凹凹凸凸的孔洞。

「製造風？我是電，怎麼製造風？」琴面對連珠砲般不斷轟來的霧球，根本沒有任何時間可以思考。

瞬息間，又是一球毒霧撞上，撞得琴頭昏眼花。

電，如何化成風？

毒霧球一球球撞著琴，她的身體震動，頭上的罩子出現了無數的細小裂縫。

她與柏合作已經不是第一次，她記得每次只要和風合作，就有那種完美無瑕的契合感，電居中而風繞其而行，兩者互相交融，相輔相成。

霧球仍撞著琴，她的玻璃罩上的裂縫愈來愈大，眼看就要碎裂。

只要再一下，再撞一下，琴就會抵受不住，而這政府軍系車廂的偷襲就會成功，琴將無法到達天空殿，無法解開當時「不是武曲」之謎。

琴在此刻，閉上了眼。

此刻，我不是電，我是風。

如果我是風，我該怎麼做？

我該，怎麼做？

忽然間，琴感覺到懷中微微動了一下。

什麼東西在我懷裡？而那東西輕輕地在琴的腹部下方點了兩下，像是點開了琴一直堵塞的穴道，讓琴的電能流動的能量陡然提升。

不只是提升而已，一股熟悉的感覺湧上琴的心頭，那東西透過按壓琴的腹部，正在告訴琴某一件重要的事。

那就是，因為必須放下電的型態，讓電流動，產生電場，有了電場就能吸引空氣中帶電分子，而分子流動就會有軌跡，那個軌跡，就是風。

雖然無法創造出破軍這種大山大海般的風，但卻是精密且柔軟的——離子之風！

想到離子之風，琴往懷裡摸去，剛剛觸動她這個想法的是什麼？

當琴一摸懷中，她摸到了五根硬硬指節，她先是一愣，然後笑了。

「是你！」琴忽然懂了，她懷中的東西是什麼了！

同時間，琴的電能型態改變了，不再是猛烈但短暫的閃爍炸裂，而是如同海流，如同呼吸，那是緩慢卻又更強大無可抗拒的流動。

這是風。

這是電的風，電離子之風。

然後，琴聽到一旁莫言發出的大笑。

「對！就是這個！以電為風！這是當年武曲用來創造風的技巧！」莫言大笑著，「風就是毒霧的天敵！把所有的毒霧，全部吹入這收納袋裡來吧！」

把所有的毒霧都送入那個收納袋？

琴雙手舞動，像是一段舞蹈，而手上延伸而出的電離子風，就這樣順著手勢，化成在車廂中洶湧的風流，把所有的毒霧全部捲在風流之中，一絲毒霧都逃不出去。

「進去！」琴大喝一聲，帶著狂亂電能的風流，就這樣捲著所有的毒霧，朝著收納袋灌了進去。

毒霧不斷掙扎，但面對它的天敵「風」，它只能無力地扭動，然後愈來愈稀薄，愈來愈稀薄……

在收納袋要收入最後一絲毒氣時，袋口毒氣出現了一張驚恐掙扎的臉，他正是墓星墓好空，他發出無聲的慘叫，最後「咻」的一聲被收入了收納袋裡。

毒霧消散，整座車廂又回復原本透明的空氣。

只剩下呼呼喘氣的琴、中毒坐地的莫言、被收納袋綁著，手腳都折斷的衰星衰過頭，以及滿地半昏迷的陰魂。

「贏了。」琴坐在地上，呼呼地喘氣。「我們贏了。」

「贏得有點險，妳下次可以專業一點嗎？」莫言坐在地上，身外白霧繚繞，這些都是被他驅除而出的『萬壽無疆長尾蠍』的毒。「不過，妳最後一招進步神速，妳是怎麼想出以電為風的？」

「嗯，也不算我想的，」琴忍不住摸了摸懷裡的『那東西』，「坦白說，是『他』幫我的。」

「他？」莫言皺眉。

「說出來你可不要嚇到。」琴帶著挑釁的眼神，看著莫言。

「嚇到？妳把老子當誰了？」莫言冷笑，他身體外的白霧已經轉淡，顯然已經逼出了超過一半的蠍毒。「我可是甲級擎羊星，神偷鬼盜中的神偷！還有什麼可以嚇到老子？」

「那我說了喔。」

「說。」

「千手觀音。」

「咦？」莫言神色微變。

「菩提九珠。」

「咦？」莫言神色再變。

「日。」

「啊！」莫言的神情，已經整個發白。

「就是，」琴從懷中，小心翼翼地掏出了『那東西』，這是一隻手。

有著拇指、食指、中指、無名指、小指頭、手掌還有手腕的……一隻手！

「手！」莫言何等敏銳，就算只是一隻手，他也瞬間感應到這隻手所散發的氣息，雖然微弱，卻令莫言非常熟悉。

這是只用眼神，就差點讓莫言活活累死，只用指尖，就讓橫財差點暴斃，只憑一個人，就差點擊敗六亡魂的絕對王者！

地藏！

「地藏沒死？」向來帥氣冷酷一切了然於心的莫言，這一次真的臉色大變。「這隻手氣息雖然微弱，但，確實是地藏啊！」

「這是千手觀音中的一隻手！」琴捧起了手，「在與政府激戰的時候，是這隻手保護著我，而最後日與黑洞的對決，我則將這隻手放入懷中，以我的電能反過來保護它，本以為它該隨著地藏飛灰煙滅，誰知道，它剛剛竟然動了。」

莫言雙手接過這隻手，小心翼翼地端詳了數分鐘，動作之間，流露著對地藏無比的敬意。

「這隻手的道行雖弱，不及地藏的千分之一，但確實是地藏沒錯。」莫言說著，「而這隻手似乎還在沉睡，剛剛它真的有動嗎？」

「有啊，就是它在我懷中打了幾下穴道，讓我道行流動順暢，領悟到化電為風的關鍵。」琴歪著頭，「可是，它現在怎麼又不動了？」

「地藏透過這隻手活了下來，也許沒死，但本體在與天相岳老對決時，畢竟已經化成微粒塵土，」莫言說，「所以必須透過沉睡來慢慢回復道行，剛剛突然地甦醒，可能是意識到妳有危險吧？」

「真的？」琴開心地捧著這隻手，露出微笑。「所以你還在繼續保護我？地藏之手？謝謝你。」

「不只如此，雖然不確定這『地藏之手』究竟要多久才能完全復原，但這段時間如果它能甦醒，對妳絕對有很大的幫助。」莫言沉吟。

「對我有很大的幫助？怎麼說？」

「地藏乃是八百年來陰界最強好手。」莫言說，「就算此刻它道行只剩千分之一不到，無法發揮具體的攻擊，但它深不見底的武術基礎仍在，只要它時不時提醒妳一下，妳的武術部分絕對會突飛猛進，這可是百年難得一遇的明師啊！」

「真的嗎？」琴開心地笑著，「對了，我們是不是該和化九九說一聲，他聽到一定很開心。」

「這件事，我勸妳別做。」

「別做？」

「別忘了，化九九自己說過，政府十幾萬大軍，能這麼輕易通過僧幫的『吃飽飽關』與『洗香香關』，其中必有內鬼。」

「內鬼……」

「化九九說內鬼的層級肯定很高，也許是九僧之一，但僧幫兩大甲級星難道沒有嫌疑嗎？錄存星小鬼和化錄星化九九，也許就是內鬼。」莫言說，「如果妳貿然告訴了他們任何一人，讓消息走漏到政府耳中，妳以為會發生什麼事？」

「會發生什麼事？」

「來追殺我們的，肯定不會只有五暗星這種小角色。」莫言說，「就怕他們會親自出手。」

「他們是誰？」

「當然是天相和廉貞。」

「天相和廉貞！」聽到這兩個名字，琴到現在仍感到背脊發涼，如墜冰谷。「開玩笑的吧，他們兩個目前一個統治政府，一個管理新時代黑幫，怎麼、怎麼會親自出手？」

「如果要追殺的對象是地藏，那就有可能。」莫言苦笑，「畢竟，對手可是地藏。」

「嗯。」琴閉著眼，深吸了一口氣，確實如此，天相若不是安排了三個主星輪番消耗掉地藏兩成功力，又怎麼可能以些微差異擊敗地藏？

「所以，不講。」莫言將目光轉向火車窗外，此刻火車開始慢慢減速，窗外那片蔚藍的海岸，也正一點一滴地靠近著。「等我們到了最鄰近海的城市，下一步，我們該繼續往海的方向前進了。」

「那要怎麼去？」

「我們就選計程車吧。」

「計程車。」琴訝異地看著莫言，「陰界也有計程車？」

「妳是第一天到陰界嗎？小姐。」莫言嘴角抽搐了一下，「陰界不只有計程車，而且樣式精采得多。」

「怎麼說？」

「四個輪子的，地上爬的，低空飛翔的，鑽地而行的，能穿過層層建築物的，涼氣十足的，火燙如岩漿的，能一邊暢飲歌聲泡泡一邊抵達目的地。」莫言說，「畢竟這裡是陰界，充斥著各式各樣有趣的陰獸，而陰獸就能創造出完全不同的計程車啊。」

「真的假的，那，我們要搭哪一種呢？」

「當然是搭，我最喜歡的一種。」莫言走到了街邊，手一揮，天空一片陰影，緩緩地籠罩住琴與莫言。「能夠享受海風和歌唱的，飛行海龜計程車啊。」

第十章・柏的承諾

黑暗巴別塔旁，周娘牛肉麵店。

一對男女與一隻大狗，走入了牛肉麵店。

他們什麼話都沒有說，但光他們走入牛肉麵店這件事，就引起了不少注目。

主要是因為這男子身材挺拔高眺，眉目俊酷，背上繫著一柄黑色大矛，身上透著經歷許多血戰的滄桑氣質，讓人不由得又敬又怕。

而他身邊的女子，則與他呈現完全相反的特質，女子氣質高雅，儀態端莊，舉手投足之間雍容大度，溫柔婉約，加上她一身便衣雖然簡單，作工與細節卻非常講究，一看就知道是深居富貴人家的女子。

這一對男女為何會走在一起？令牛肉麵店中的吃客們，忍不住議論紛紛。

但真正奇的，可不只這對男女，而是他們身後那頭巨犬。

此犬全身長毛，身形比男子還高，外表看似平靜其實全身隱藏著凶暴之氣，彷彿牠一怒起來，整座店五、六十個客人都可能會成為牠的嘴下亡魂。

兩人一犬在店內坐下，男子朗聲說：「來三碗牛肉麵，兩大一小。」

就在他們等待時，周圍的話語聲仍不停嘀咕著。

「這隻狗好凶，好可怕。」

「看牠的毛，紅中透金，一絲絲都透著光芒，那對牙齒，鋒利如銀刃，我從來沒看過這樣的陰獸！」

「會不會是百大陰獸之一？按照天機星寫的《陰獸綱目》，百大陰獸中犬類的，嗯，是排行第七十八的淚眼殺獒？還是排行更前面的，二十二的四海為家流浪犬小黑？」

這時，有一名男客舞動著筷子，開始講了起來。

「不像不像，淚眼殺獒體型更大，足足有一輛拖車這麼大，充滿殺氣，光是死在牠嘴裡的陰魂與陰獸就不下十萬隻，身上更布滿數不盡的刀傷與咬傷，更大的特色是眼淚流不停，令人心碎的雙眼。」這名男客吃著牛肉麵，空碗已經疊上五個。「眼前這隻狗體積太小，又沒有一雙淚眼，絕對不是淚眼殺獒。」

「那四海為家流浪狗小黑呢？」

「四海為家流浪狗小黑排行更高，二十二，據說外型上像是隻隨處可見的小狗，又髒又黑的，但卻是一隻會對其他流浪狗伸出援手，拔刀相助的守護神犬，因為小黑俠名在外，所以排行才這麼前面，只是小黑向來毫不起眼，也不像這隻狗這麼高貴漂亮。」這客人已經吃完了第六碗，準備再叫第七碗了。

「是啊，那這隻狗，到底是什麼？」

「等等，百大陰獸之中，還有一隻狗，牠的排行甚至還在小黑之上，是足以列入前十二大陰獸的……」

「你說的，不會是……是那個……曾經在金融大廈第十層，吃過無數陰魂，棲息在風中的十二大陰獸之一……」其他的客人瞠目結舌，全身發抖。「嘯風犬吧吧吧吧！」

「正是！」轉眼間，第六碗已經快要被這個客人嗑完，同時間，第七碗也已經遞了上來。「我身為在這故事中居住最久的配角萊恩，絕對不會說錯的。」

「等等，如果那隻大狗是嘯風犬！所以這對男女，難不成就是……」

「這女子長年深居宮中，所以大家不識，但其實她名氣可響亮了，更可說，每個人都想見她，求她跳支曲子。」這名叫萊恩的客人，舉起了筷子，氣勢萬千地攻向了第七碗牛肉麵。

「求她跳支曲子？這是啥？」

「解神曲啊。」萊恩嘴裡塞著牛肉麵，口齒不清地說著。「嘿嘿，在天機星吳用的記載裡面，解神曲乃是天下第一醫術，連周娘的星穴都只能位列第二，解神曲原是天機星吳用所創，但真正能把解神曲醫術發揮到極致的，還是得心地慈悲的解神女才有辦法。」

「嘯風犬！解神女！」其他的吃客聽得是如癡如醉，「那快告訴我們，能和他們同行的那男子，又到底是誰？」

「這帶著嘯風犬的男子，他最近可有名了！你們難道還猜不出來？」

「猜不出來！」

「道幫天缺老人之戰、僧幫滅絕一戰，他都有參與其中！」這萊恩邊說邊吃，轉眼間第七碗麵也要見底，他的吃麵功夫，恐怕也是一絕。「他就是……他就是……他就是……」

「就是？」

「破軍星，風的掌控者，」那客人說到這一句，砰的一聲，第七碗麵剛好空了，鏘的一聲放在桌上。「柏！」

「柏？柏？他就是柏？」周圍的客人不知道何時都圍了過來，傾聽這吃麵英豪說三道四。「我知道，他的破軍之矛很可怕，殺了很多人，他是剛崛起的惡魔！」

「他還投靠政府！為了更大的權勢！」

「真是陰界之魔！」客人們議論紛紛，眼神鄙視，但又膽小如鼠不敢說得太大聲。

「只是這樣的男人，不待在政府裡面享受榮華富貴，跑來我們這小小的牛肉麵店幹嘛？」客人們說。

「也許，是來見人的。」萊恩面前的牛肉麵，已經到了第八碗。

「見誰？」

見誰？

柏和眼前這位美麗高貴卻罕為人知的美女解神，一同來到這周娘的牛肉麵店，是為了什麼？是為了見誰？

「柏，你好像被大家討厭了。」解神女輕輕笑著，「他們說你是政府的走狗，我耳力很好，都聽得到。」

「庸庸碌碌的凡夫俗子，不用管他們怎麼說。」柏舉起筷子，挾起一大束麵，送入口中。「變得更好吃了？周娘的手藝竟然還能進步？」

「嗯，也許，若老是為他人的言語所牽絆，確實會活得不快樂，話說回來，這真的是我吃過最好吃的牛肉麵。」解神女將長髮攏在耳旁，優雅吃下一口麵。「你怎麼會知道這家牛肉麵的？」

「這臭小子怎麼會知道？」柏還來不及回答，一個宏亮的女子聲音傳來，打斷了柏的回答。

「怎麼知道的？因為這裡可是一開始收容他的地方。」這個聲音的主人，徐娘半老，風韻猶存，一屁股坐在柏的對面。「奇怪，我怎麼有種熟悉的感覺，我好像很常這樣打斷別人說話。」

「啊，妳就是周娘？」解神女露出笑容，又是一個高貴溫柔的笑容。「這是我吃過最好吃的麵。」

「妳是解神女吧？」周娘的笑容帶著挑釁意味，「『解神曲』被譽為陰界第一醫術，是嗎？排行還在我『星穴』之上啊。」

「啊，星穴？妳是息神星？」解神女眼睛微微睜大，「我師父吳用曾說，解神曲和星穴分佔陰界醫術中的第一和第二，但兩者各有擅長，解神曲透過在傷者周圍吟唱跳舞，引動大自然之力灌入傷者身體之中，如風如雨如雷等；星穴則是將道行注入傷者體內，重新分配組合傷者的道行分布，等於是讓患者自行治癒自己，兩者很難分高下的。」

「妳倒是知道得很清楚嘛。」周娘哼了一聲。

「當然，因為師父對星穴可是相當佩服的。」解神女語氣誠懇，「只可惜沒有機會親眼目睹，若哪天有機會，再請周娘賜教。」

「是嗎？算妳會講話。」周娘看解神女神情真誠，也開心笑了。「解神女這碗算我的，但柏你這臭小子不行，而且我得跟你收十倍價錢。」

「為什麼？」柏忍不住喊。

「因為你這小子竟然給我音訊全無，這一失聯還是好幾年，老娘不給你好好處罰一下不行。」周娘說。

「我因為受傷——」

「多說一句漲一倍，二十倍價錢。」

「但是——」

「三十倍。」

「好好，不說了。」

「四十倍。」

「喂。」

「五十倍。」

「……」柏真的對周娘毫無辦法，只能舉起雙手投降，附帶一個嘴巴緊閉，不再說話。

周圍的客人看見柏被周娘幾句話完全制伏，更是交頭接耳起來，不斷詢問這老闆娘是何許人也？竟然連陰界之魔柏都乖乖就範？難道她是地藏？不對，地藏已死。難道是天相？不對，天相明明是個大叔。

「柏，乖乖就好。」周娘笑，笑完之後卻是一個輕嘆。「我知道你本性良善，不過，我想你不會在意世間怎麼看你，不，應該說，你是故意讓世間如此看你的，唉。」

「……」柏沒有回答，只是聳了聳肩，但他深邃的雙眼，卻透出一股堅韌的固執。這份固執，其實早已回答了周娘所有的問題。

「解神女，妳知道嗎？喜歡上這樣的男孩，可是很辛苦的。」周娘把目光轉向了解神女。

「喜……喜歡？我沒有，我沒有喜歡。」高貴的解神女那白皙如玉的臉龐瞬間紅了，「我只是、只是……」

「別傻了，妳如此尊貴的身分，卻願意跟著這傻小子出來江湖闖蕩，不是喜歡是什麼？妳當我周娘這快百年的陰界歲月白活的啊？」周娘笑，「不過妳跟著他也好啦，這傢伙喜歡打打殺殺，把自己的身體弄得滿身是傷，得靠妳的解神曲救他的命啊。」

「嗯。」解神女的臉依然紅通通的，「我會盡力。」

「柏啊，」周娘看著柏，「我知道你來我這家破牛肉麵店的真正目的。」

柏看著周娘，眼睛微微瞇起，英挺的臉龐，露出淺淺的笑。

「不只為了我的這碗牛肉麵吧。」周娘淡淡嘆了一口氣，「事實上，你來找他們，而同樣的，他們也在等你。」

此刻，柏的目光，不再停留在周娘身上，而看向了她的身後。

周娘的身後，出現了兩個年輕身影。

一個外表樸實壯碩的男子，和一個留著長髮有著晶亮大眼的女孩。

「你們決定了？」周娘回頭，看向這兩個人。「忍耐人，小曦。」

忍耐人，與小曦。

數年前，這兩人因為忍耐人陽世未婚妻瀕死而認識，更因為無情心的激戰而相知相守，如今，他們也要選擇他們的道路了。

「周娘，這幾年來，謝謝妳的照顧了。」忍耐人右手抓著小曦的手。兩人一起鞠躬。

「周娘師父，感謝妳的收留。」小曦的聲音中，更是帶著哭腔。

「很好。」周娘把目光看向了柏，這一回頭，她眼眶中已帶著溫暖的淚。「你把我最得意的兩個幫手都帶走了，這碗牛肉麵該怎麼算？只收五十倍不夠了。」「這筆帳怎麼算？」柏還是沒有說話，他只是伸出指頭，蘸了點牛肉麵的殘湯，在桌上寫了一行字。

周娘看見了那一行字，眼睛睜大，笑了。

「野心這麼大？」周娘大笑，「得要說到做到啊。」

柏低下頭，也對周娘鞠了一個躬。

這一鞠躬，道盡了這些年的感謝，當年那個重傷莽撞的少年，就是因為來到這家牛肉麵店而重新找到自己。

如今，他再次回來，要將牛肉麵店中的夥伴帶走了。

周娘慢慢地吐出一口氣，擦去眼角的淚。

然後張開雙手，對著高朋滿座的整家牛肉麵店大喊。

「今晚，所有的麵都免費！」周娘大笑，「小曦、忍耐人，還有廚房裡的老伴阿歲啊，把酒全部拿出來！」

聽到周娘的喊聲，所有客人先是一愣，然後同時歡呼起來。

「我要替我的兩個小朋友送行，今晚，我們不醉不歸！」周娘舉起了手上的酒杯，「老客人們，一起舉杯吧。」

這一剎那，整家店有人舉起了酒杯，有人舉起了牛肉麵湯碗，有人互相摟抱，有人大笑，解神女睜大眼睛看著這從未見過的草莽畫面，嘯風犬在角落暢快地享受著周娘提供的大盤牛肉，阿歲也出來對著柏胸口揍了兩拳，然後大笑。

忍耐人和小曦擁抱了周娘，而周娘喝了好幾壺酒，她的笑聲最多也最大聲。

桌上，那幾個由牛肉麵殘湯所寫的字，已逐漸乾涸，它是這樣寫的：

「周娘，我會支付給妳的，是一個沒有政府壓迫的自由陰界，我說到做到。」

不過，就在牛肉麵店舉辦罕見的狂歡大會時——

在牛肉麵店旁的那座巨大黑暗巴別塔的頂層，同樣出現了詭異的狀態。

頂層之上，那是火星鬥王的房間。

乾淨、空曠、布置簡約，這象徵著火星鬥王的本質性格，不追求榮華富貴，只追求武學與心中的正義。

他的房間之外向來沒有什麼防備，因為，也不需要防備。

這個陰界，有多少人有能力誅殺火星鬥王？

但，此刻，這小房間中卻出現了不速之客。

這不速之客身材高眺，長髮披肩，容貌可愛，笑起來有些任性又十分迷人。

如今，她正坐在火星鬥王的椅子上，與鬥王兩人喝著酒。

「真的很久沒見了，是十年？還是二十年？」鬥王啜了一口溫酒，「妳為何而來？」

「我、我是來找你結盟的。」那女子笑容可愛，但笑容之中，卻帶著一股陰森的殺氣。

「結盟？我黑暗巴別塔不屬於政府，也不屬於黑幫，向來是獨來獨往的組織。」

「是嗎？」女子笑，「你不屬於黑幫，不屬於政府，但卻經營陰界的武鬥競賽，金流豐沛，塔內更藏身著不少戰鬥好手，你的實力，已經逼近三大黑幫了。」

「過獎。」

「如今道幫幫主換人，僧幫地藏被殺，黑幫由紅樓領頭，紅樓又聽命於政府，整個陰界大勢已經底定。」女子說，「政府絕對會開始肅清僅存的反對勢力，其中一個，就是黑暗巴別塔。」

鬥王沉默了半晌，這確實是他近日所思之事。「我既不反政府，政府何必動我？」

「哈，你以為你做得神不知鬼不覺嗎？你暗中幫助黑幫勢力，協助藏匿政府追殺之人，將這些人保護在『租界』中，更透過比武競技，訓練人才培養軍隊，就是等待黑幫造反時一起響應。」女子笑，「這些事，瞞不過我的眼。」

「所以妳要向政府舉報我？」

「天相早就看在眼裡了，我不用舉報。」女子說，「我是給你一條生路，黑幫已經完了，和我結盟，趁現在政府和僧幫激戰後元氣未復，追隨我的主星，我們透過手段瓦解政府，成為易主最後勝利者。」

火星鬥王沉默了數秒，慢慢開口。「不。」

「不？」

「黑幫未死，黑幫還有一個女孩。」鬥王眼睛直直地看著眼前女子，「只要她還在，黑幫就不會滅。」

「你說的女孩，是誰？」

「和妳幾分相似，但說到任性，卻是妳的一百倍。」鬥王說到這女孩，向來冷酷的臉，嘴角竟微微揚起。「我很期待她。」

「你可知道，不和我結盟的下場是什麼？」女子眼睛睜大，「我會殺你，取下這座巴別塔。」

「殺我？妳可知道妳和誰說話？」男人突然大笑，笑聲隱含霸氣，房間因此震動不已。

「那得看看火星鬥王之名，是不是名過其實啊。」女子同樣大笑，笑聲陰柔，卻絲毫沒有被霸氣笑聲所掩蓋。

「很好，既然妳知道，被我宰殺也不冤了。」火星鬥王緩緩起身，「十隻猴子之二，甲級星化忌星，霜。」

這一剎那，整個黑暗巴別塔有如陷入了一片冰冷至極的黑暗。

霜，這個實力還在無道之上的女子，她終於從黑暗中露出了獠牙，而這次她的目標，竟然挑上了甲級星之首，鬥王。

她為何有此把握敢挑鬥王？她要的到底是什麼？

另一頭，陽世。

夢已經到了盡頭。

自從那一晚之後，小靜發現，每天晚上夢貘都會在自己的夢境中睡著，彷彿受了小風的命令指示一般，夢貘總是準時出現。

而有了百大陰獸中的夢貘坐鎮，不論偷夢賊或是其他陰界刺客，都不敢擅入小靜的夢中了。

只是，當偷夢賊退場，另一隻更可怕的猴子，卻已經從森林樹梢的後端，悄悄地，悄悄地攀爬了上來。

他是第十隻猴子，亡神星，擺渡人。

他又會用什麼手段，來逼小靜重回陰界？他的可怕之處，又到底是什麼呢？這一次，小風是否能幫助小靜，再次逃脫大難？

陰界，遠處，海邊。

莫言與琴正踏上尋找天空殿的旅程。

在一大片蔚藍的天空下，他們兩個，不，三個，還包括了地藏之手，他們正遭到政府軍系的追殺。

他們能否到得了天空殿，天空殿上又會遇到什麼令琴驚奇的遭遇？

而她的黑幫大夢，是否真能實現，又會遇到什麼樣的挑戰呢？

詳情請看，陰界十一。

尾聲

萊恩麵包店最近的生意超級好，超級好的原因，因為他請來一個超級會打造兵器，喔不，是超級會烤麵包的師傅，天缺老人。

天缺老人手握大鎚，一下一下紮紮實實地打著麵團，麵團裡面的筋不只被打斷，甚至碎成粉末，然後再靠著他不懼冰與火的雙手，在火爐或冰箱中親自揉捏成形，於是一個又一個口味超凡入聖的麵包，就這樣被推上了麵包架，成為顧客們瘋搶的限量極品。

對萊恩來說，天缺老人幾乎無可挑剔，除了麵包長得太像兵器，常會被人誤會這裡不是麵包店，而是軍火店以外，萊恩可以說是相當滿意。

而天缺老人最經典的一款麵包，是一把刀刃形狀的法國長棍麵包，這如刀刃的長棍麵包，上面還綴著七顆葡萄乾，如同七枚星星，天缺老人堅持它叫做「七殺刃」。

當七殺刃麵包推出，果然引來各方好漢搶購，有身如鐵塔，不喜歡走正門，喜歡從牆壁開門的壯漢來買；有身穿紅衣，臉戴面具的男人來買，而且這面具三不五時還會換表情，偶爾是哭臉，偶爾是笑臉。還有一位舉手投足都帶著冰氣的女孩來買，她還一口氣買了九條，說要慰勞她其他八個兄弟姊妹，而且她還稱兄弟姊妹為猴子們。

但萊恩覺得奇怪的是，天缺老人總是希望店裡多留一條七殺刃麵包不要賣掉，這最後一條七殺刃麵包，總是到了麵包店關門，也沒有賣掉。

因為它是最後一條，也有不少晚來的客人詢問，但在天缺的堅持下，就這樣擺到了晚上，最後由天缺老人獨自一人，看著窗外，一口一口慢慢地將麵包吃掉。

你在等誰嗎？萊恩想問，但每每看著天缺老人的背影，他最後總是沒問。

有故事的人，總是要等他自己說出來。

直到有一天，天氣很冷，甚至冷到飄凍雨，一個人在麵包店即將關門時來到了此處。

那是一名長髮飄逸，舉止有些羞怯的女孩。

這樣優雅可愛的女孩，通常都會挑選綴著草莓，鋪著白霜，美味與可愛的麵包，但她卻拿著托盤，在最後一條七殺刃麵包前，停了下來。

遲疑了片刻，她小心翼翼取下這條比她半個身體還長的麵包，走到櫃檯，準備結帳。

而當她緩步走來，萊恩聽到那細微的歌聲，正從她的口中哼出。

優雅的，輕鬆的，那是自然而悅耳的哼歌聲。

「賣嗎？」萊恩回頭正要詢問，卻發現天缺老人已經從廚房走出，看著這女孩。

「這麵包名為七殺刃。」天缺老人看著女孩，「乃是為妳而做。」

「我知道。」女孩甜甜地笑著，聲音搭配口中的哼歌，說話有如歌聲。「所以我決定買下這麵包，但不知道為何，我看到你，就會想起一個既陌生又熟悉的名字。」

「喔？」

「以火為珠，滴滴落下，是為滴火。」

「滴火嗎？我也想起了一個名字。」天缺老人微笑了。

「嗯？」

「生無斷，情無斷，居是為無斷，是為無斷居。」

「無斷居？」女孩瞇起眼，思考了半晌，才又開口。「雖然我不認識這名字，但我想無斷居有句話想對滴火說。」

「請說。」

「我，回來了。」

「喔？」

「那個無憂無慮的我，回來了。」女孩說，「謝謝你，也謝謝那位少年地藏。」

「是嗎？」天缺老人笑了，咧嘴大笑。「那真是太棒了，那滴火也有話要對無斷居說……」

「請說。」

「下一世若再聚首，再來喝酒。」天缺老人笑。

「就這麼說定了。」女孩也笑。

天缺老人和女孩就這樣相視一笑，深深看著彼此，然後轉身，道別。

當女孩帶著麵包走出了店，一道明亮陽光射破了烏雲，照耀在她身上，她瞇起眼睛看向天空，然後剝了一小塊七殺刃麵包，放在嘴裡咀嚼著。

當香濃微辣的口感從口內湧出，一曲歌聲也自然從她的口中流瀉而出，與此刻金黃的陽光一起躍動著。

直到，她發現包著七殺刃的麵包紙上，竟然有著一行字。

「給小靜，這是一個隨機出現的巨大獎品，獎品就是這個『永遠不準的預告』。」女孩笑了，她內心想著：真是神奇的麵包店，怎麼會知道她的名字？

然後，她繼續唸著：

「預告內容如下……易主時刻，政府大統，黑幫末路，猴子肆虐，而，史上最弱的黑幫即將成立，歡迎即刻報名！」

Div作品 **16**

陰界黑幫 10

國家圖書館出版品預行編目資料

陰界黑幫 . 10，／ Div 著.
— 初版. — 臺北市：春天出版國際，2021.03
面；　公分. —（Div 作品；16）
ISBN 978-957-741-327-7（第10冊：平裝）

857.7　　110002770

ISBN 978-957-741-327-7
Printed in Taiwan

作者	Div
封面設計	克里斯
內頁編排	三石設計
總編輯	莊宜勳
責任編輯	黃郁潔

出版者	春天出版國際文化有限公司
地址	台北市忠孝東路四段303號4樓之1
電話	02-7733-4070
傳真	02-7733-4069
E-mail	frank.spring@msa.hinet.net
網址	http://www.bookspring.com.tw
部落格	http://blog.pixnet.net/bookspring
郵政帳號	19705538
戶名	春天出版國際文化有限公司
法律顧問	蕭顯忠律師事務所
出版日期	二〇二一年三月初版
定價	320元

總經銷	楨德圖書事業有限公司
地址	新北市新店區中興路二段196號8樓
電話	02-8919-3186
傳真	02-8914-5524